JENNA LARSEN

LEFT-HANDED

Roma
AF219314

Die Autorin

Jenna Larsen wurde 1999 geboren und lebt in der Nähe von Frankfurt am Main. Sie studiert Humanmedizin, begeistert sich aber neben der Medizin und der Musik auch für das Schreiben. Jenna begann bereits 2015 mit dem Schreiben des Romans *Left-Handed*, welchen sie während des Abiturs zunächst nicht fertigstellte. Vier Jahre später entdeckte sie das angefangene Manuskript wieder und entschloss sich dazu, ihren Roman zu überarbeiten und zu vollenden. Mit ihrem Debütroman *Left-Handed* erscheint eine spannende Geschichte, die sich immer wieder die aktuelle Frage stellt, wie weit eine Gesellschaft gehen darf.

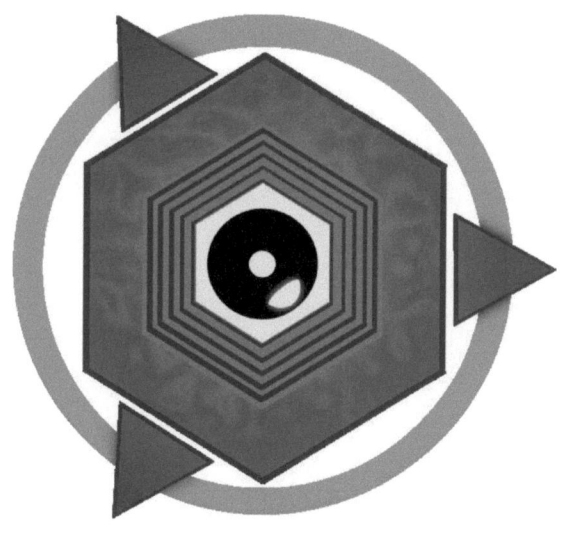

LEFT-HANDED

Bibliografische Information der Deutschen Nationalbibliothek:
Die Deutsche Nationalbibliothek verzeichnet diese Publikation
in der Deutschen Nationalbibliografie; detaillierte bibliografische
Daten sind im Internet über http://dnb.dnb.de abrufbar.

© 2020 Jenna Larsen
Herstellung und Verlag:
BoD – Books on Demand, Norderstedt

ISBN: 978-3-7526-1150-2

Prolog

Eine Hand packte unsanft meine Schultern und stieß mich nach vorne. Ich stürzte völlig überrascht und noch unfähig zu reagieren in das Becken, welches an dieser Stelle fast dreieinhalb Meter tief war. Meinen Angreifer konnte ich nicht sehen, da ich mit dem Rücken zu ihm ins Becken fiel.

Als ich aufkam, klatschte mir das kalte Wasser erbarmungslos ins Gesicht und ich verschluckte auch einen bedeutenden Teil davon.

Der Angriff erfüllte seinen Zweck, schoss es mir sofort durch den Kopf. Ich bekam Panik und die Beweismittel auf meiner Kamera konnte ich vergessen. Wobei ich natürlich nicht einmal wusste, was eben genau passiert war und ob das Ganze etwas mit meinem Besuch in Mister Scouts Büro zu tun hatte. Vermutlich war es mein schlechtes Gewissen, das diesen Gedanken aufkommen ließ.

Ich stand immer noch unter Schock und konnte nichts weiter tun, als zu beobachten, wie ich immer tiefer sank. Als ich am Beckenboden ankam, erholte ich mich langsam wieder von dem Schrecken und begann mich umzusehen.

Die Wasseroberfläche erschien unerreichbar. Ich konnte aber keinen Schatten erkennen. Die Person war sicherlich schon verschwunden. Ehrlich gesagt, war das aber mein kleinstes Problem. Erstmal musste ich wieder nach oben kommen. Und langsam ging mir die Luft aus.

Nach drei Minuten ohne Sauerstoff würde der Sterbeprozess beginnen und erste Zellschäden würden auftreten. Das sollte ich - wenn möglich - vermeiden.

Ich bewegte kräftig meine Arme und Beine und versuchte nach oben zu schwimmen. Als ich mich nicht von der Stelle bewegte, sah ich schnell nach unten. Sofort erkannte ich mein Fußbändchen, welches sich in einem Metallgitter verfangen hatte. Ruckartig versuchte ich verzweifelt meinen Fuß zu befreien.

Das Kettchen steckte so fest in dem Gitter, als hätte man es dort festgeschweißt und es schnitt schmerzhaft in mein Bein. Meine einzige Chance war, es auszuziehen, was ich - rückblickend auf meine derzeitige Situation - schon heute Morgen hätte machen sollen. Doch der Metallverschluss war durch mein Strampeln verbogen worden und ließ sich nicht mehr öffnen.

Langsam aber sicher begann erneut Panik in mir aufzukommen. Trotzdem versuchte ich weiter, den Verschluss zu öffnen, während ich immer schwächer wurde.

Es war mir unbegreiflich wie, aber ich schaffte es beim zehnten Versuch den Verschluss aufzubrechen und befreite mich aus der Schlaufe. Die Luft wurde extrem knapp und ich war nun kurz vor der Bewusstlosigkeit. Ich brachte meine letzten Kräfte auf und bewegte mich auf die Oberfläche zu.

Als ich sie endlich erreicht hatte, blickte ich mich kurz um und stelle fest, dass ich allein war. Nachdem ich mich aus dem Becken gehievt hatte, brach ich auf dem Boden zusammen.

Kapitel 1

Ein paar Monate zuvor

Ich lief lustlos über den Kiesweg, welcher sich zwischen unseren Zelten schlängelte. Meine schwarze Prüfungshose und mein schwarzes Top schmiegten sich eng an meinen Körper. Falls ich mein Training unterbrechen sollte, würde ich wahrscheinlich direkt ein Gespräch mit unserem Gruppenleiter führen dürfen. Aber ich hatte es bis jetzt noch nie darauf ankommen lassen. Wir konnten es uns einfach nicht erlauben.

Ich war, wie gewöhnlich, eigentlich kaum aufgeregt. Aber diese gewisse Spannung gab es trotzdem und unbewusst hatten sich meine Hände fester um meine Rucksackträger gelegt. Ich lockerte den Griff und betrat das große graue Zelt, während ich auf meinen Platz zuging - 324. Ich verband mein Handy mit dem mir zugewiesenen Tisch und es klappte ein Monitor auf. Name: Jade Victoria Lane. Ich legte meinen Daumen auf den Scanner und schaute anschließend direkt in das graue Fenster mitten auf dem Bildschirm. Für mich war es schon Routine geworden, die Neulinge auf den hinteren Plätzen taten sich aber schwer.

„In fünf Minuten beginnt die Prüfung. Mit dem Signalton werden Ihre Bildschirme wieder eingefahren und Ihre Zeit ist zu Ende. Es gibt keine Verlängerung der

Prüfungszeit. Wer sich nicht rechtzeitig anmeldet oder verhindert ist, kann die Prüfung selbstverständlich nächste Woche wiederholen. Jedoch sollte Ihnen, falls Sie aus den falschen Gründen an der heutigen Prüfung nicht teilnehmen, bewusst sein, dass die Wiederholungsprüfung keineswegs einfacher wird", der Lautsprecher verstummte wieder.

Vor mir waren ungefähr noch 40 Reihen mit Kandidaten und hinter mir die gleiche Anzahl nochmal. Ein Junge rief überfordert nach der Lautsprecherstimme, da er nicht wusste, wie er sich anmelden sollte. Aber sie hatten es uns allen bereits einmal gezeigt. Das musste reichen. Und deshalb antwortete ihm auch niemand. Aber sie hörten ihn - ganz sicher. Sie hörten uns immer.

Ich schaute auf den rot leuchtenden Countdown vor mir. Zwei Minuten. Eine Minute und 59 Sekunden.

Ich drehte mich um und lief auf den Jungen zu. Manche Schüler drehten sich nach mir um, aber die meisten achteten nur auf die roten Zahlen vor Ihnen. Sie starren gebannt auf die Bildschirme und hielten ihre Stifte bereits in ihren Händen.

Ich war angekommen und schob den Jungen zur Seite. Schnell öffnete ich das Anmeldefenster und gab seinen Namen ein, welchen ich auf seinem Namensschild gelesen hatte. Ein leises Geräusch ertönte und ich deutete auf den Scanner. Der verängstigte Junge legte seinen Daumen zögerlich auf die Platte und ich drehte mich in

Richtung meines Platzes. Ich hörte ein leises „Danke"
und lächelte ihn an, als ich mich nochmal umdrehte.

Ich sah Angst in seinen Augen. Aber auch Dankbarkeit. Dankbarkeit, wie ich sie an *meinem* ersten Prü-
fungstag empfunden hatte, nachdem mir ein älteres
Mädchen geholfen hatte.

20 Sekunden. Ich nahm meinen Stift in die Hand und
wartete darauf, meine Prüfung zu beginnen.
5...4...3...2...1...0. Ich drückte den Stift auf und schrieb
in klaren Druckbuchstaben:

Jade Victoria Lane. Prüfung Nr.101.

Exakt drei Stunden später wurde mein Bildschirm wieder eingefahren. Ich war wie üblich gut mit den Aufgaben zurechtgekommen. Nacheinander verließen alle
Reihen geordnet das riesige Zelt und schließlich war
auch ich an der Reihe. Ich lief auf den Eingang zu und
entdeckte Lauren. Sie gab mir zu verstehen, dass sie
draußen auf mich warten würde. Nachdem ich das Zelt
verlassen hatte, sprachen wir wie gewohnt kurz über die
Aufgaben.

Außer unseren täglichen Sportübungen und dem Essen passierte heute nichts mehr. Wir legten uns pünktlich um 22.00 Uhr in unsere Schlafsäcke. Ich stellte meinen Wecker für 6.30 Uhr und fuhr dabei unbewusst über
ein kleines rotes Lämpchen an der Seite des Weckers.
Doch meine Müdigkeit siegte und ich schlief ein, bevor
ich mir weitere Gedanken dazu machen konnte.

Kapitel 2

Als ich zusammen mit Lauren unser Klassenzimmer betrat, blickte ich mich um. Wie jedes achte Jahr hier, wurden auch wir gemischt. Mir war im Grunde egal, mit wem ich in einem Kurs war. Reden durften wir während des Unterrichts ohnehin nicht und Pausen gab es kaum. Solange ich mit Lauren zusammen war, war mir der Rest ehrlich gesagt ziemlich egal.

Jeder hatte einen Partner auf dem Internat. Lauren und ich waren einander zugeteilt worden, als wir vor acht Jahren auf das Internat gekommen waren und hatten uns auf Anhieb gut verstanden. Kein Wunder, wir hatten auch viel gemeinsam. Wir waren beide relativ ehrgeizig, hatten denselben Humor und außer Größe und unseren Haarfarben unterschied uns fast nichts.

Lauren hatte brustlange schwarze Haare, welche sie oft in einen chaotischen Dutt hochsteckte. Sie hatte leicht gebräunte Haut mit einigen Sommersprossen. Trotz ihrer dunklen Haare hatte sie extrem helle Augen, die einem schon aus einiger Entfernung auffielen. Sie könnte ohne Probleme als Model durchgehen. Gut, zugegebenermaßen war sie dafür mit ihren 1,62 m etwas klein. Trotzdem sollte man meine beste Freundin definitiv nicht unterschätzen. Sie betrieb seit ihrem sechsten Lebensjahr Kampfsport und ihre Größe täuschte nur über ihre Stärke hinweg. Oft hatte ich mir Gedanken über die

Zuteilung der Partner und ihren Zweck gemacht, denn Zufall war das „Matching" wohl kaum. Eigentlich war hier außer dem Wetter so gut wie gar nichts dem Zufall überlassen, wobei ich mir nicht mal da 100%ig sicher war, um ehrlich zu sein.

Ich ließ mich in meinen Sitz fallen und packte meine Sachen aus. Schräg vor mir drehte sich Aaron Navid um. Er musterte mich kurz, doch als ich fragend die Augenbraue hob, drehte er sich wieder in Richtung unseres Professors.

Lauren zeigte mir auf ihrem Handy währenddessen ein Bild von dem neuen Stift, den uns die Schule nächste Woche schenken würde. Der schwarze Stift mit der roten Kappe war aus weichem und angenehmem Material gemacht und konnte sowohl auf Papier, als auch auf Touch-Screens schreiben.

Die Stunde begann und verlief mehr oder weniger unspektakulär. Unser Prof teilte uns unsere letzten Prüfungsergebnisse mit. Prüfung im Gebiet: Verhalten bei explosionsartigen Bränden - Theorie. Ich hatte 90 von 100 Punkten, Lauren 87 Punkte.

Insgesamt war die Prüfung gut ausgefallen. Jedoch hatte ein kleiner Teil des Kurses nicht einmal die 60 Punkte erreicht, welche nötig waren, um in die nächste Stufe zugelassen zu werden. Viele hatten ihre Schwerpunkte, aber das Internat wollte nur Schüler, die in allen Fächern und Disziplinen eine gute Leistung erbrachten. Wir wurden in speziellen Bereichen unterrichtet, welche beispielsweise Überlebenstraining (beinhaltet auch eine medizinische Grundausbildung), Kampftechniken und diplomatisches Geschick umfassten. Trotzdem wurden die üblichen Schulfächer wie Mathematik, Politik und Wirtschaft oder Biologie nicht vernachlässigt. Das sicherte eine umfassende Ausbildung.

Wir verloren nicht viel Zeit mit den vergangenen Prüfungen und widmeten uns schnell wieder dem Unterricht. Der Professor nannte uns das Thema. Wir würden uns mit einem Forscher und seinen Erkenntnissen beschäftigen. Er beobachtete die Menschen im Regenwald, analysierte ihr soziales Verhalten.

Aaron verdrehte genervt die Augen: „Was soll das denn für ein Thema sein? Das hört sich schon langweilig an. Ich meine, mal ehrlich, was soll daran interessant sein? Der Typ hat sich mit unterentwickelten Steinzeitmenschen beschäftigt!"

Ich drehte mich in seine Richtung: „Wieso? Kanntet ihr euch etwa?" Der Kurs fing an zu lachen und Aarons Augen funkelten mich böse an.

Der Professor sorgte schnell für Ruhe und widmete sich anschließend Aaron: „Aaron Navid. Ich denke nicht, dass *Sie* es sich leisten können, sich über den Unterrichtsstoff zu beschweren." Ohne weitere Zwischenstörungen ging der Unterricht fort.

Als die Stunde endlich zu Ende war, packte ich meine Sachen zügig zusammen. So schnell wie möglich wollte ich diesen Raum verlassen. Ich war zwar ziemlich gut in der Schule, das bedeutete jedoch nicht unbedingt, dass ich meine Zeit hier gerne investierte. Zumindest was die üblichen Schulfächer betraf.

Ich strich über mein figurbetontes weißes Oberteil, welches ich zu einer schwarzen Jeans und meiner Vintage Denim Jacke trug. Als ich den Kursraum verließ, spürte ich den Blick von Aaron und seinem besten Freund Jay in meinem Rücken.

Als nächstes hatten wir Sport. Wir konnten uns zwischen „unbewaffnetem Kampf" und „Ausweichen von sich bewegenden Gegenständen" entscheiden. Ich wählte „Ausweichen".

Bevor ich mit der Übung beginnen konnte, musste ich mich aufwärmen. Dazu gab es einen kleinen Parkour in der linken Hälfte der Halle. Ich stieg auf den Kasten und atmete nochmal tief ein. Dann nahm ich leicht Anlauf und sprang an das schwarze Kletternetz, welches senkrecht zum Kasten hing. Die Kraftaufwendung war kein Problem, aber die dünnen Seile des Netzes schnitten unangenehm in meine Fußsohlen. Wir mussten alle Übungen barfuß absolvieren, um den bestmöglichen Halt zu haben. Nach ein paar Zügen war ich am Ende angekommen und lief über einen kurzen Schwebebalken, der direkt an das Kletternetz angeschlossen war. Danach musste ich erst eine Metallstange hochklettern, mich dann zur Nächsten hangeln und diese wieder herunterrutschen. Diesen Teil hasste ich. Hauptsächlich, weil ich es einfach nicht besonders gut konnte. Konnte ich noch nie, und das würde sich auch nicht ändern. Also musste ich hier etwas schummeln.

Als nächstes waren wieder Armmuskeln und Körperspannung gefragt. Sechs Seile hingen von der Decke. Nachdem ich mich - mehr oder weniger - elegant von einem Seil zum nächsten hangelte, konnte ich endlich wieder auf einem Kasten verschnaufen. Mein Puls war bereits stark angestiegen und ich atmete deutlich hörbar. So viel zum Thema „Aufwärmen".

Den Abschluss bildete ein Trapez. Ich platzierte meine Hände etwa schulterbreit auf dem Trapez, ging einen Schritt zurück und holte Schwung. Dann sprang ich vom Kasten ab und schwang mich hin und her. Dabei war mein Körper komplett unter Spannung. Ich schloss die Übung mit einem Rückwärtssalto ab und kam sicher auf der blauen Matte auf. Nachdem ich kurz etwas getrunken hatte, lief ich zu meiner eigentlichen Übung.

Schnell und geschickt wich ich den Hindernissen und Kugeln aus, welche durch die Halle flogen. Trotz meiner Größe von 1,78 m war ich ziemlich wendig und kein leichtes Ziel. Lauren war jedes Mal beeindruckt, wenn wir Völkerball spielten, weil sie meinte es sähe immer so aus, als würde ich tanzen, wenn ich versuchte den Würfen meiner Mitschüler auszuweichen.

„Warum sieht das bei dir so leicht aus? Das ist echt unfair. Ich liege am Boden wie ein gestrandeter Wal und du tanzt wie eine Ballerina durch die Halle", das bekam ich ungefähr fünfmal pro Woche von ihr zu hören. Es schmeichelt mir schon, machte mich aber auch verlegen und traf in dem Maße meiner Meinung nach einfach nicht zu.

Ich war gerade an einem Kontrollpunkt angekommen, als ich kurz stoppte und in die Halle blickte. Aaron strich sich gerade durch seine schwarzen Locken und durch sein dünnes T-Shirt konnte man seine Muskeln deutlich sehen. Seine olivfarbene Haut glänzte leicht. Sie war dunkel genug, um zu vermuten, dass er ausländische Wurzeln hatte. Aber dennoch hell genug, um einen Kontrast zu seinen dunklen braunen Augen und den Haaren zu bilden.

Er sah zu mir herüber, während im selben Moment unsere Lehrerin kam: „Fräulein Lane, Sie haben die Übung erstaunlicherweise auf Anhieb nahezu perfekt absolviert. Dies ist aber keinesfalls ein Grund für eine Pause. Sie führen die Übung sofort fort. Ich möchte es Ihnen nicht noch einmal sagen."

Ich ärgerte mich über ihre schnippische Anweisung. Doch noch mehr ärgerte ich mich über mich selbst, da ich mich hatte ablenken lassen. Außerdem fragte ich mich, woher sie meine kurze Pause so schnell bemerkt hatte, da sie mich von ihrer Position aus eigentlich gar nicht hätte sehen können. Ich war aber klug genug, mich nicht mit ihr anzulegen. Denn das Letzte, was ich jetzt gebrauchen konnte, war Stress mit Miss Carter, der strengsten Sportlehrerin der Schule.

Ohne Widerworte zu geben, setzte ich die Übung fort und lief über einen roten Punkt am Boden, bevor ich eine Flugrolle über den nächsten Holzkasten machte.

Nach dem Unterricht hatten wir ausnahmsweise einmal frei. Lauren und ich nutzten die Zeit, um uns etwas zu entspannen. Das Training war hart und jede Pause willkommen.

Wir lagen auf der riesigen Wiese gegenüber von unseren Zelten. Wobei ich an dieser Stelle vielleicht erwähnen sollte, dass es sich dabei nicht um kleine Camping-Zelte handelte. Vielmehr waren es moderne Nobel-Unterkünfte, die mehr zu bieten hatten, als mache Loft-Wohnung.

Ich hatte mich schon öfter gefragt, wer eigentlich auf die Idee mit den Zelten gekommen war und warum wir nicht in konventionellen Wohnheimen wohnten. Bis jetzt hatte ich keine befriedigende Antwort auf diese Frage gefunden. Egal wie, die Zelte hatten definitiv einen gewissen Charme und sorgten für eine gemeinschaftliche Atmosphäre unter den Schülern und Studenten. In einem anonymen Wohnheim – womöglich mit Einzelzimmern – hätten sich vielleicht nie so enge Freundschaften entwickelt.

Ich schielte zur Seite und beobachtete Lauren für einen Moment. Sie war vollkommen fasziniert auf den Sonnenuntergang fixiert, welchen man von hier aus besonders gut sehen konnte.

Das hatten wir der Lage des Internats zu verdanken. Es stand auf einem Hügel und lag etwas abseits. Man fand hier keine Hochhäuser oder Einkaufszentren. Um den Berg herum gab es nur einen kleinen Wald sowie einen Fluss, welcher sich idyllisch durch die Bäume schlängelte.

Während wir auf der Wiese lagen und uns die inzwischen roten Sonnenstrahlen ins Gesicht fielen, stellten sich zwei Personen so vor mich, dass die Sonne verdeckt wurde. Genervt sah ich zu ihnen hoch. Aaron und Jay hatten sich vor mir aufgestellt.

Ich sah sie fragend an: „Wollt ihr etwas Bestimmtes? Wenn nicht, dann stört bitte woanders."

Aaron stellte sich ein Stück nach rechts, sodass die Sonne wieder auf mein Gesicht fiel und meine Haare golden zum Glänzen brachte. „Ich hab' vorhin nicht richtig zugehört. Wann sollen wir morgen zum Unterricht da sein? Es wurde doch irgendwas geändert."

„7.00 Uhr im großen Biologieraum", ich schloss die Augen und signalisierte ihnen damit, dass die Unterhaltung für mich damit beendet war.

Aaron und Jay bedankten sich kurz und verschwanden. Ich drehte mich wieder zum Sonnenuntergang und sah gerade noch, wie die rote Sonne hinter den Bäumen verschwand.

Kapitel 3

Am nächsten Tag ging es im Unterrichtsfach nach Biologie um Risikoabschätzung und das genaue Beobachten unserer Umgebung. Wer war ein ungefährlicher Tourist und wer ein Taschendieb? War den anderen Menschen in der Bahn das kleine Klappmesser in der Jackentasche des jungen Mannes mit der Chicago Bulls Cap aufgefallen? Warum sah sich die junge Mutter im dunklen Mantel so unsicher um? Und warum trug sie diesen Mantel überhaupt - mitten im Frühsommer? Mir gefiel das Thema.

Nach 15 Minuten klopfte es an der Tür. Unser Prof öffnete sie und Aaron und Jay stolperten durch die Tür.

„Sorry, verschlafen", sie liefen zu ihrem Platz in der letzten Reihe links neben mir.

Ich verdrehte verächtlich die Augen und drehte mich weg von ihnen. Ich hielt nichts von Leuten, die unpünktlich waren und ihre Sachen nicht dabei hatten.

Nachdem der Tag nicht unbedingt mit guter Laune begann, sollte er doch noch eine gute Wendung nehmen. Nachdem unsere Jahrgangsstufe bei einem Vortrag auf der Wiese gewesen war, hatten wir eine kurze Pause und saßen alle auf Decken im Gras. Ich unterhielt mich gerade mit Lauren, Amy und Alisha. Amy und Alisha waren zwei Schwestern mit haselnussbraunem Haar. Amy war 18, so alt wie ich. Alisha war ein Jahr älter.

Theoretisch war das vergangene Jahr Alishas letztes Jahr an der Schule gewesen, aber fast alle Schüler studierten auch hier auf dem Internat. Der Übergang war fast nahtlos und die Schule nach dem achten Jahr zu verlassen, war praktisch keine wirkliche Option.

Amy beschwerte sich gerade über den langweiligen Vortrag, als mein Blick von etwas hinter ihr gefesselt wurde. Sie redete weiter, doch ich hörte ihr nicht zu.

Er kam aus dem Weg zwischen den Zelten. Sein dunkelbraunes Haar wurde vom Wind zerzaust und seine sportliche Statur war selbst durch die schwarze Lederjacke zu erkennen. In der Jacke wirkte er noch größer, als sonst. Er trug wie immer einen Drei-Tage-Bart, doch sein Gesicht war ungewohnt gebräunt. Er lief geradewegs auf mich zu.

Wie in Trance stand ich auf und kam ihm entgegen. Erst langsam, dann rannte ich. Als ich ihn erreicht hatte, fiel ich ihm in die Arme. Er umarmte mich und hob mich in die Luft.

„Hi Kleines. Wie geht's dir?", Connor setzte mich wieder auf dem Boden ab.

„Du bist zurück", ignorierte ich seine Frage. „Ich dachte du tauchst nie wieder auf. Du warst drei Monate weg!" Ich strahlte ihn an.

„Ich weiß. Meine Mission hat länger gedauert als erwartet. Ich bin gestern Abend mit dem Flieger aus Juba angekommen."

Er legte seinen Arm um mich und wir liefen zu den

anderen. Connor war wie ein großer Bruder für mich. Er war bereits 21 und musste vor drei Monaten auf eine Mission.

Gelegentlich kam es vor, dass die Schule Aufträge vergab. Einzelne von uns verließen die Schule für einige Zeit und hatten eine besondere Aufgabe. Connor musste dieses Mal in den Südsudan reisen.

Offiziell sollte er dort die Entwicklungshilfe unterstützen, vor allem im Bereich der Bildung. Es war bekannt, dass das *Edward Sandtfort College* solche sozialen Projekte unterstützte, vermutlich auch aus Imagegründen. Unsere Ausbildung umfasste auch einige Kurse in Lehrtechniken und Rhetorik, weshalb diese Aufgabe kein Problem für Connor dargestellt hatte. Trotzdem wusste ich, dass noch mehr hinter dem Auftrag steckte. Connor hatte mir vor seiner Abreise zwar quasi nichts erzählen dürfen, doch mit ein paar Tricks und ein bisschen Vorstellungskraft fand ich heraus, dass es an einem der Standorte den Vorwurf der Korruption gab und Connor sollte diskret herausfinden, ob die Anschuldigungen sich als wahr erwiesen. Als einer der Helfer war er gut getarnt und direkt an der Quelle. Niemand würde ihn verdächtigen oder als Gefahr für ein möglicherweise korruptes System einstufen.

Unser Direktor wählte Connor bereits das zweite Mal für eine solche Aufgabe aus. Er war erfahren und genoss die Elite-Ausbildung bereits 11 Jahre lang; wie wir alle war er mit 10 Jahren auf die Schule gekommen. Nach seinem achten Jahr hatte er sich für einen Studienplatz hier an der Uni beworben, war sofort angenommen worden und studierte nun schon seit drei Jahren Jura. Ich wusste, dass er eine große Karriere vor sich hatte. Schließlich hatte er alle Voraussetzungen dafür.

Unsere umfassende Ausbildung garantierte, dass uns alle Möglichkeiten offen standen, da wir für fast alle Berufsfelder geeignet waren. Sowohl intellektuell als auch physisch. Das *Edward Sandtfort College* bildete junge Leute mit Potenzial aus, die später Schlüsselpositionen in allen möglichen Bereichen einnahmen. In Politik und Wirtschaft, dem Gesundheitswesen, dem Rechtswesen und natürlich im Bildungswesen und in der Lehre. Außerdem gingen vor allem die männlichen Absolventen oft zur Polizei oder zum Militär.

*

Connor lebte sich schnell wieder ein. Sein Studium an unserem Internat war so flexibel aufgebaut, dass sein Fehlen kein Problem darstellte. Wir erzählten von den Ereignissen an der Schule und er von seinen, soweit er davon erzählen durfte. Orte, Namen und Details seines Auftrags waren tabu.

Eines Morgens liefen wir zusammen mit Lauren durch den langen Gang zur Bibliothek des Hauptgebäudes. Er war vor zwei Monaten renoviert worden.

„Wo sind die Löcher in der Wand?", fragte Connor. Er strich mit seinen Fingern über die makellose Tapete.

„Sie haben neu gestrichen. Die ganze *Hall of Fame*", antwortete Lauren, bevor ich es konnte.

Sie spielte auf die Auszeichnungen an der Wand an. Den ganzen Gang entlang hingen gerahmte Auszeichnungen an der Wand, die Schüler für besondere Leistungen erhalten hatten. Unter den Schülern war der Gang als *„Hall of Fame"* bekannt. Wir liefen ihn weiter entlang.

Irgendwann blieb Lauren vor einem herausstechenden Rahmen stehen: „Trotz der Zeit, die schon vergangen ist, kann ich immer noch nicht glauben, dass du hier sogar zweimal hängst, Jade."

„Dann wären wir schon zu zweit", antwortete ich halblaut, während ich die Auszeichnung abwesend betrachtete.

Vor 6 Jahren hatte ich meine erste Auszeichnung bekommen. Damals fand ein Literaturwettbewerb statt. Ich war gerade im zweiten Jahr und 12 Jahre alt gewesen. Unser Jahrgang und die zwei Jahrgänge über uns bekamen die Aufgabe ein Szenario zu entwickeln dessen Ziel politische, wirtschaftliche und gesellschaftliche Kontrolle waren. Wie diese Kontrolle erreicht wurde, war komplett egal (solange gewisse moralische Prinzipien bei unserem Szenario nicht verletzt wurden).

Ich hatte mich bei meiner Idee auf die Jugend und Bildung konzentriert. Außerdem war „Wissen" ein zentraler Punkt. Im Unterricht hatten wir bereits kurz ähnliche Themen angesprochen, wobei die älteren Schüler über deutlich mehr Kenntnisse verfügten und deshalb jeder erwartete, dass jemand aus dem vierten Jahr gewinnen würde. Die Überraschung war riesig, als *ich* den Wettbewerb gewann und sogar eine Auszeichnung bekam. Ehrlich gesagt, kann ich bis heute nicht verstehen, was sie an meiner Arbeit so fasziniert hatte.

Vor drei Jahren bekam ich dann meine zweite Auszeichnung im Rahmen des Chemieunterrichts. Über diese Auszeichnung war ich sogar noch überraschter als über die Erste. Dieses Projekt war nämlich ziemlich abrupt beendet worden und obwohl ich diesmal nicht einmal etwas fertiggestellt hatte, bekam ich unerklärlicherweise die Auszeichnung.

Bei dem Projekt ging es um etwas, was wir alle jeden Tag benutzen und wovon unser Alltag maßgeblich beeinflusst wird: Akkus.

Alleine die Akkus in unseren Handys und Laptops müssen wir fast täglich aufladen, wenn wir die Geräte regelmäßig (heutzutage steht das wohl eher für übermäßig) nutzen. Da Akkus durch ihre Wiederverwendbarkeit deutlich umweltfreundlicher sind als Batterien, versuchten wir die Technologie weiterzuentwickeln. Die Aufgabe lautete, die Laufzeit von kleinen, tragbaren Akkumulatoren zu verlängern.

Wir beschäftigten uns mit der Problematik mehrere Monate lang, doch es gab keine Ergebnisse. Das Hauptproblem dabei war, dass, je mehr Energie in den Trägern gespeichert werden konnte, desto schlimmer waren die Folgen, wenn doch etwas schiefging. Deshalb hat Alisha übrigens noch heute die kurze Strähne in ihren Haaren; ihre Haare hatten damals Feuer gefangen und waren abgebrannt; ihr Akku war entflammt. Ich war zu diesem Zeitpunkt ähnlich erfolgreich, behielt aber glücklicherweise alle meine Haare.

Irgendwann, nachdem ein weiterer Versuch von mir kläglich gescheitert war, ließ ich mich in einen Laborstuhl fallen. Wenn ich nicht weiterkam, musste ich eben einen Schritt zurückmachen, überlegte ich damals. Ich dachte nochmal über die Aufgabenstellung nach. Wir sollten die Akkulaufzeit verlängern, damit die Akkus länger nutzbar waren. Aber es gab noch eine andere Möglichkeit die Nutzbarkeit zu maximieren: Wenn ich die Laufzeit nicht verlängern konnte, musste ich dafür sorgen, dass das Laden schneller funktionierte.

Mehrere Wochen lang arbeitete ich an diesem Gedankenstrang, während alle anderen weiter an der ursprünglichen Aufgabe weiterarbeiteten. Ich entwickelte verschiedene Ansätze und begann Tests durchzuführen. Alle Ideen scheiterten.

Doch an einem ruhigen Abend, ich war die Letzte im Labor, da alle schon gegangen waren, erreichte ich den Durchbruch. Alle Möglichkeiten des Aufladens mit Kabel waren sehr umständlich und kaum zu beschleunigen. Die heutigen Ladekabel waren bereits sehr schnell. Außerdem musste man jedes Mal das Kabel anschließen und den Akku während der Nutzung im Blick haben, was lästig war.

Also hatte ich nach einer Möglichkeit gesucht, die ohne Kabel funktionierte. Und ich hatte sie gefunden: Infrarotstrahlen.

Für meine Theorie brauchte man einen Sender und einen Empfänger. Der Empfänger war so klein, dass man ihn ohne Probleme in herkömmliche Akkus einbauen bzw. daran anbauen konnte. Der Sender würde an einem hohen Punkt befestigt werden, also beispielsweise einer Zimmerdecke. Er würde automatisch die unterstützten Geräte und Akkus erkennen, ebenso wie er registrieren würde, wenn ihre Akkuladung unter 15 Prozent fällt. Dann würden - laut meines Konzeptes - Infrarotstrahlen ausgesendet werden, die von dem Empfänger dann in elektrischen Strom umgewandelt werden. Somit würde der Akku automatisch geladen werden, sobald er schwach wird und die Nutzung könnte trotzdem uneingeschränkt weitergehen. Die Strahlung wäre für Menschen nicht schädlich und Sender und Empfänger könnten einen Abstand von bis zu 10 Metern haben.

Gerade als ich einige Sender- und Empfängerprototypen fertiggestellt hatte und mit den praktischen Tests anfangen wollte, wurde das ganze Projekt schlagartig beendet. Die Schule ließ uns nicht mal Zeit unsere bereits angefangenen Konzepte zu Ende zu führen, obwohl ich ihnen versuchte zu erklären, wie nah ich an einem Durchbruch war! Alle Materialien wurden von der Schule konfisziert und in Kisten gepackt.

Die handschriftlichen Aufzeichnungen mussten wir abgeben und alles, was auf dem PC gespeichert war, war nicht länger zugängig für uns Schüler. Das Ganze kam mir vor wie eine kleine Razzia.

Angeblich war das Projekt aus dem Ruder gelaufen und zu gefährlich, da es (wie bereits erwähnt) einige Fehlschläge gab. Außer ein paar abgebrannten Haaren und harmlosen Stromstößen war mir jedoch ehrlich gesagt nichts bekannt geworden. Innerhalb eines Tages war ein monatelanges Projekt in Luft aufgelöst worden. Es kam einem fast vor, als hätte es das Projekt nie gegeben, hätte nicht eine gerahmte Auszeichnung in diesem Gang daran erinnert.

Kapitel 4

Ich sah auf die Uhr: „Wir müssen los. Unsere Schulung beginnt in 10 Minuten."

Connor nickte. Gemeinsam machten wir uns auf den Weg in den großen Veranstaltungssaal. Dort fand heute ein Workshop zum Thema „Bewerbungsgespräch" statt. Wir hatten dieses Thema zwar schon oft angesprochen, aber vorwiegend theoretisch. Unser Internat war aber der festen Überzeugung, dass gerade die praktische Übung in realistischer Kulisse für unsere Zukunft entscheidend war.

In der ersten Stunde gab es einen zusammenfassenden Vortrag zu allem, was wir bereits gehört hatten. Also zum Beispiel, dass man auf die richtige Körperhaltung und Mimik achten sollte, ebenso wie angemessene Kleidung. Kein zu wildes Gestikulieren, was zu hektisch wirkt. Augenkontakt steht für Selbstbewusstsein. Interesse zeigen, aber nicht übertreiben. Sich nicht kleiner machen, als man ist, aber auch nicht überheblich wirken. Absagen nicht persönlich nehmen. Und abschließend - für uns Frauen besonders relevant - richtig auf Tabufragen (wie etwa Fragen nach Schwangerschaft und Familienplanung) reagieren.

Nur weil diese rechtlich sogar verboten waren, hieß es schließlich nicht, dass sie nicht häufig genug gestellt wurden.

Nach dem Vortrag folgten die praktischen Übungen. Im hinteren Teil des Raumes waren ungefähr 30 Tische mit je zwei Stühlen aufgestellt. Auf den Tischen befand sich Material für das Gespräch und im Hintergrund gab es je einen Vorhang und eine Kleiderstange mit verschiedenen Outfits. Zwischen den Tischen befand sich jeweils eine Trennwand. Die Tischzahl entsprach der durchschnittlichen Kursstärke, da je ein Kurs an dem zweistündigen Workshop teilnahm. Danach wurde gewechselt.

Von dem Referenten, der zuvor den Vortrag gehalten hatte, wurden wir zu den Tischen geführt. Er erklärte uns kurz das System der Übung, was ziemlich selbsterklärend war.

Je ein Schüler würde sich an einen Tisch setzen. Gegenüber von uns saßen Leute aus der Personalabteilung, die beruflich Bewerbungsgespräche für ihre Firma durchführten. Nach 20 Minuten wurde der Partner gewechselt. Das war zwar kürzer als ein durchschnittliches Bewerbungsgespräch, da es bei uns aber um die Übung ging, machte es mehr Sinn zwei bis drei kürzere Versuche zu haben, als einen langen. Wie Lauren passend bemerkt hatte, erinnerte das Set-up also an ein Speed-Dating. Es war quasi eine Art „Speed-Bewerben".

Als ich zu meinem Tisch lief, fragte ich mich, woher die Schule so viel Geld nahm. Für jeden Schüler war im 1:1 Verhältnis eine komplette Übungsmontur mit Tisch, Stühlen, Block, Stift und Kleidung vorbereitet worden.

Bevor das Gespräch begann, bekam jeder Schüler eine Karte, auf der Angaben zum Arbeitgeber gemacht wurden und der Job, für den man sich bewarb, kurz erläutert wurde. Während wir uns in die Situation hineinversetzten, suchte sich jeder Schüler (seiner Meinung nach) passende Kleidung von der Kleiderstange aus. Ich wählte für mein erstes Gespräch eine schlichte schwarze Jeans, einen weißen Blazer und darunter eine cremefarbene Bluse. Die Haare band ich in einem lockeren Pferdeschwanz zusammen, damit sie mir nicht störend ins Gesicht fielen.

Dann lief ich zu meinem Tisch und gab der Frau gegenüber von mir mit einem freundlichen Lächeln die Hand. Dann begann die erste Phase: Der Smalltalk. Ich wusste, dass der erste Eindruck entscheidend war und in den ersten Minuten entschieden wurde, ob wir für unser Gegenüber sympathisch waren.

Danach begann die zweite Phase, in der die Frau etwas über ihr Unternehmen erzählte und Raum für Rückfragen meinerseits ließ. Normalerweise hätte ich diese Phase eher etwas weiter hinten vermutet und gedacht, dass erst die Selbstpräsentation kommt. Aber mir war natürlich bewusst, dass es immer eine gewisse Flexibilität gab und es störte mich nicht.

In der anschließenden dritten Phase erzählte ich dann etwas über mich und erklärte, warum ich den Job haben wollte. Schließlich kam die obligatorische Frage nach meinen Stärken und Schwächen.

„Alles klar, Miss Lane. Danke für Ihre Antwort. Nun zu einem anderen Thema, wo würden Sie persönlich Ihre Stärken und Schwächen sehen? Und bevor sie antworten", sie hob die Hand, „gebe ich Ihnen hier einen Tipp. Ich möchte nicht einfach eine Auflistung von Adjektiven hören. Zeigen sie Selbstbewusstsein bei Ihrer Antwort und machen sie mir Lust darauf, sie besser kennenzulernen und einzustellen. Und vor allem - seien sie kreativ und originell. Ich möchte etwas hören, was ich noch nicht gehört habe."

Sie hob ihren Blick und fragte mich noch einmal: „Also Miss Lane, wo sehen Sie persönlich Ihre Stärken und Schwächen?"

Ich wartete einen Moment, bevor ich antwortete. Dann sah ich ihr in die Augen, hob eine Augenbraue und antwortete mit einem leichten Schmunzeln: „Stellen Sie mich ein und finden Sie es heraus."

Meine Vorstellungsgespräche waren wohl ganz gut angekommen, da ich in beiden Fällen eingestellt worden wäre. Unter dem ersten Gespräch stand eine handschriftliche Notiz mit den Worten: „Diese Antwort habe ich in der Tat noch nie gehört. Gewagt, aber mutig."

Die nächste Zeit verlief ruhig und ohne Zwischenfälle. Doch dann kam der Mittwoch. Ich lag noch in meinem Bett, als ich von einem unangenehmen Geruch geweckt wurde. Ich strich mir eine blonde Strähne aus dem Gesicht und setzte mich verschlafen auf. Plötzlich nahm ich den Geruch, der mich geweckt hatte, wieder war. Ich atmete ein paar Mal tief ein und schaute mich immer hektischer um. Ich kannte diesen Geruch. Feuer.

Schnell weckte ich Lauren. Inzwischen waren auch die anderen wach geworden. Ich bahnte mir einen Weg durch die leicht panischen Schüler und fand schließlich den Zeltausgang. Und ich sah direkt auf unser Hauptgebäude. Es brannte und genau in diesem Moment gab es eine laute Explosion und Fensterscheiben flogen durch die Luft. Flammen schossen aus den zersplitterten Scheiben.

Ich zögerte nicht lange und lief durch die anderen Zelte. Weckte die anderen. Wir waren trainiert worden nicht zu zögern. Gefasst zu sein. Zumindest heute merkte ich, dass unsere Ausbildung Leben retten konnte.

Während ich durch die Zelte lief, verstummte die Welt um mich herum. Ich rief zwar, aber hörte mich nicht. Meine Beine trugen mich, ohne dass ich es bewusst kontrollierte. Plötzlich traf ich auf Aaron. Er hatte die Jungenzelte geweckt. Wir blickten uns kurz in die Augen. Seine braunen Augen wirkten nicht gefasst und schlagfertig wie sonst. Ich spürte seine Verunsicherung. Die schwarzen Locken standen in verschiedene Richtungen ab. Um uns herum rannten die Schüler auf den ersten Blick durcheinander, aber doch geordnet, herum.

Nach einem kurzen Nicken löste er seinen Blick und ging weiter. Er und Jay würden die restlichen Schüler wecken. Ich rannte in Richtung Hauptgebäude. Hier hatten die Jüngeren ihre Zelte.

Schon aus großer Entfernung konnte ich die Glassplitter sehen, welche überall auf dem Boden verteilt waren und die lodernden Flammen wie ein Spiegelmeer reflektierten. Vorsichtig, und doch so schnell wie dabei nur möglich, bahnte ich mir einen Weg durch die Scherben.

Als ich ankam waren die meisten Schüler bereits auf den Beinen und brachten sich kontrolliert und relativ ruhig in Sicherheit. Sie hatten den Krach sicherlich schon sehr früh bemerkt und den Rauch gerochen, da sie in unmittelbarer Nähe zum Hauptgebäude schliefen.

Ich bemerkte ein kleines, weinendes Mädchen. Es lief auf das lichterloh brennende Gebäude zu. Schnell stoppte ich sie.

„Was machst du denn? Du musst mit den anderen zu unserem Aufstellungsplatz!", ich schaute sie ernst an.

„Ja, aber mein Bruder ist noch da drin! Er wollte meinen Rucksack holen. Ich habe ihn in der Bücherei vergessen", Tränen liefen über ihr kleines Gesicht.

„Geh du zu den anderen. Ich hole ihn", versicherte ich ihr intuitiv und schob sie, überrascht von meinen eigenen Worten, in Richtung Aufstellungsplatz.

Sie lief tatsächlich los. Ich auch.

Ich war mir tief im Inneren sicherlich bewusst, dass meine Entscheidung ziemlich unvernünftig war. Schließlich hatte ich nicht die geringste Ahnung, was mich im Gebäude erwarten würde. Ich hätte sicherlich zehn Paragraphen aus der Schulordnung zitieren können, welche mein Verhalten strengstens untersagt hätten. Aber irgendwie hatte ich das dringende Gefühl, ich müsste dem Jungen helfen.

Sofort.

Bis ich Hilfe geholt hätte, wäre wertvolle Zeit verloren gegangen, denn weit und breit waren weder Lehrer noch Professoren zu sehen. Und falls sich der Bruder des Mädchens wirklich noch in dem Gebäude befand und nur halb so aufgelöst war wie seine Schwester, dann steckte er ohne Hilfe in lebensbedrohlichen Schwierigkeiten.

Die Bücherei war im ersten Stock. Das Feuer war noch in den oberen Stockwerken, jedoch befand sich bereits Rauch im Foyer, welcher ebenso tödlich war, wie die Flammen. Vermutlich noch schlimmer, weil er nicht so eine offensichtliche Gefahr wie das Feuer darstellte.

Ich kämpfte mich durch umgefallene Regale, doch der Rauch verschlechterte meine Sicht, sodass ich kaum noch sehen konnte. Zudem brannte er in meinen Augen und sie begannen zu tränen. Ich kniff die Augen fest zusammen und riss einen Stofffetzen von meinem Oberteil. Ich hielt ihn mir vor den Mund, um weniger Rauch einzuatmen.

Plötzlich stolperte ich über einen Stuhl und fiel auf den Boden. Den Fetzen vor meinem Mund musste ich fallen lassen, um meine Arme frei zu haben und den Sturz abfangen zu können. Ich wollte aufstehen, doch mein Fuß klemmte irgendwo fest. Vorsichtig zerrte ich an ihm. Ich war in ein Loch zwischen umgefallenen Möbeln getreten und kam nun nicht mehr heraus. Durch den Sturz und die Wärme war mein Fuß zusätzlich angeschwollen und noch schwerer herauszuziehen. Erst versuchte ich das Regal wegzuschieben. Keine Chance, es war viel zu schwer. Dann sah ich mich um. Vielleicht gab es etwas an dem ich mich festhalten könnte und mich herausziehen könnte, um mehr Kraft zu haben.

Doch ich sah nichts, was mir helfen könnte. Was ich stattdessen sah, war ein weiteres schmales Regal direkt über mir, das drohte auf mich zu fallen.

Die ersten Bücher fielen schon neben mir zu Boden. Es war nicht so schwer wie das andere, aber auch wenn dieses Regal auf meinen Kopf fiele, wäre ich sofort bewusstlos und hätte vermutlich eine Platzwunde mit starker Blutung am Kopf.

Ich wurde unruhig und wandte mich wieder meinem Fuß zu. Ich drehte ihn in alle möglichen Richtungen und versuchte ihn irgendwie zu befreien. Hinter mir war das Regal schon bedrohlich stark nach vorn geneigt. Mit letztem Willen zog ich nochmal an meinem Fuß und schaffte es schließlich ihn herauszuziehen. Sofort kroch ich zu Seite.

Keinen Moment zu früh, denn Sekunden später krachte das Regal nach unten und ich musste mein Gesicht wegdrehen, da Holzsplitter durch die Gegend flogen.

Mein Fuß war soweit in Ordnung, höchstens ein paar Schürfwunden und Hämatome. Ich warf noch einen Blick auf die zwei Regale, bevor ich schnell weiterging und gab die Hoffnung den Jungen noch zu finden schon fast auf. Was wenn er längst draußen war? Das wäre sogar relativ wahrscheinlich. Doch mein Bauchgefühl ließ mich weitersuchen.

Und schließlich fand ich einen kleinen Jungen. Er saß am anderen Ende des Zimmers und seine Hände umklammerten einen kleinen Rucksack. Ich sah nach oben. Die Decke hatte bereits viele Risse und drohte einzustürzen. Da sie aus Holz war, hatten die Flammen großen Schaden angerichtet. Ich musste schnell handeln.

„Hey du! Komm zu mir, ich hole dich hier heraus. Steh einfach vorsichtig auf", ich winkte ihn zu mir herüber.

„Ich habe aber Angst. Ich kann das nicht. Das Feuer ist so heiß", jammerte er.

„Doch, du schaffst das", ich zögerte, „denk an deine Schwester! Sie wartet draußen schon auf dich."

Sein Blick hob sich und er stand zögernd auf. Dann kam er langsam auf mich zu und schlängelte sich vorsichtig und leider ziemlich langsam durch die Bücher. Er hatte die Hälfte geschafft, als sich der riesige Kronleuchter über ihm lockerte. Ich hatte keine Zeit mehr.

Schnell rannte ich auf ihn zu und trug ihn zur Seite. Im selben Moment krachte der Leuchter auf die Erde und hinterließ ein riesiges Loch. Zudem flogen sämtliche Regale zusammen. Wir saßen in der Falle.

Mit dem Jungen auf dem Arm rannte ich durch die Räume, bis ich ein Fenster fand. Schnell öffnete ich es. Der Junge klammerte sich hilflos um meinen Hals. Leider befanden wir uns im ersten Stock. Springen war ausgeschlossen.

Doch dann sah ich Jay. Er blickte zu mir herüber, verstand sofort und rannte zu uns.

„Er kann nicht springen. Aber du kannst ihn vielleicht fangen", ich löste den Griff des kleinen Jungen.

„Ja, das kriege ich hin. Er ist ja sehr klein und zierlich. Ich fange ihn. Aber beeil dich", sagte Jay ungewohnt ernst und erwachsen.

Ich hielt die zitternde Hand des Jungen und setzte ihn auf das Fensterbrett. „Er wird dich fangen. Er ist stark."

Nach kurzem Einreden auf den Jungen, zählte ich bis drei und er sprang hinunter. Ich hielt den Atem an und blickte nach unten. Kein Schrei. Jay hatte ihn in seinen Armen.

Inzwischen waren auch ein paar andere Schüler eingetroffen. Darunter auch Connor. Ich spürte wie ich auf den Boden sackte. Durch die Aufregung hatte ich so viel Adrenalin im Blut, dass ich gar nicht bemerkt hatte, wie erschöpft ich war.

Das Letzte, was ich sah, war ein brennendes Regal, welches unmittelbar neben mir zusammenkrachte.

Kapitel 5

Als ich aufwachte, fand ich mich in einem kleinen Sanitätszelt wieder. Ich öffnete noch etwas benommen die Augen und hörte im Hintergrund das Lied *"Every Breath You Take"* im Radio.

Wie in Trance richtete ich mich auf und obwohl ich immer noch nicht bei vollem Bewusstsein war, sang ich unbewusst die vertrauten Liedzeilen mit: *„Every breath you take, every move you make, I'll be..."*

Abrupt wurde ich durch ein lautes Geräusch von draußen wieder in die Wirklichkeit zurückgebracht. Ich blinzelte ein paar Mal. Nach den wenigen Sekunden, die ich meinem Kreislauf gegeben hatte, stand ich auf und verließ das Zelt, ohne mir Gedanken über meine Verletzungen zu machen.

Draußen standen einige Professoren und unser Direktor. Er kam auf mich zu und begutachtete mich kurz: „Ihnen geht es anscheinend wieder besser. Das freut mich."

Ich runzelte verwirrt die Stirn: „Was ist passiert? Wie bin ich rausgekommen?"

Mister Scout blickte mich mit seinem aufgesetzten Lächeln an: „Sie waren vorübergehend bewusstlos und haben zwei Stunden verpasst. Nichts Dramatisches, Sie brauchen sich keine Sorgen zu machen. Sie können am Sportunterricht ganz normal teilnehmen. Er wurde aufgrund der Vorkommnisse nach draußen verlegt."

Ich war nicht überrascht, dass er die unwichtigen Details nannte, bevor er die Frage beantwortete, die mich wirklich interessierte.

„Bedanken Sie sich bei Ihrem Freund Connor, junge Dame. Er hat sich schon mehrmals nach Ihnen erkundigt. Und er hat sich Ihretwegen einige Verbrennungen zugezogen", der Direktor sah mich durchdringend an.

Es schien fast so, als befürworte er Connors Zivilcourage nicht. Als empfände er sie als Dorn im Auge. Zugegeben, Connor hatte nun vermutlich Nachteile beim Training. Im Ernstfall musste man an das große Ziel denken. Einzelne waren entbehrlich. Zu starke Sympathien ungern gesehen. Wir beide waren heute aus der Reihe getanzt und das konnte für Schwierigkeiten sorgen. Denn es passte nicht in das Konzept. Es war nicht kontrollierbar.

Ich lief ohne Umwege in mein Zelt und tauschte meine, durch das Feuer verbrannten, Klamotten gegen ein makelloses schwarzes Trainingsoutfit aus. Ich griff nach einer Flasche Wasser und nach einem Handtuch, packte beides in meinen schwarzen Rucksack und verließ das Zelt wieder. Dann überquerte ich den Kiesweg und erreichte die grüne Wiese.

Innerlich fragte ich mich, warum der Unterricht trotz des Unfalls nur zwei Stunden später bereits wie gewohnt stattfand. Was war mit Vorsichtsmaßnahmen? Vielleicht war es ja ein geplanter Anschlag gewesen?

Wer war das Ziel? Das scheinbare Ignorieren all dieser Fragen schob ich auf die Notwendigkeit unseres Trainings.

Die anderen sah ich bereits aus einiger Entfernung. Sie übten Kampftechniken. Ich warf meinen Rucksack auf die Wiese und lief zu unserer Sporttrainerin.

„Wir haben bereits angefangen, Jade. Heute übt ihr einige Kampftechniken, die ihr sicher gut gebrauchen könnt. Du bist die letzten Minuten natürlich entschuldigt gewesen, aber fang jetzt gleich an. Das Training ist wichtig", sie hob eine Augenbraue und lächelte verschwörerisch, „hoffen wir, du machst es besser als die Gestalten hinter mir."

Ich musste mir ein Lachen verkneifen, als ich sah, was Jay machte. Er erinnerte eher an einen Zirkusclown als an einen kämpfenden Jungen. Wobei mir durchaus bewusst war, dass er sich nur mal wieder nicht zusammenreißen konnte und Quatsch machte. Zusammen mit Aaron. Wem auch sonst.

Sie machten zwar die Übung, doch jedes Mal, wenn sich unsere Trainerin wegdrehte, machten sie eine Pause. Anscheinend dachten sie, ihre Tricks würden unbemerkt bleiben - Irrtum.

Ich lief auf die kämpfende Gruppe zu. „Da ist ja unsere kleine Heldin. Wie geht's dir?", Jay legte seinen Arm um meine Schulter.

„Danke Jay, ich fühle mich geehrt", ich befreite mich aus seiner Umarmung und verbeugte mich ironisch vor ihm. Jay fing an zu lachen.

Als nächstes bedankte ich mich bei Connor: „Ich gebe es ungern zu, aber ich denke ohne dich würde ich jetzt nicht so unversehrt hier stehen, Connor. Danke. Was macht dein Arm?"

Er zog seinen Arm weg, als ich nach ihm griff. „Halb so schlimm", er lächelte mich an.

Ich wollte zwar nicht aufgeben und beharrte darauf seinen Arm zu sehen, aber der Unterricht ging weiter.

Nach 40 Minuten machten wir eine kleine Pause. Ich ließ mich erschöpft ins Gras sinken. Die Aktion bei dem Brand hatte mir mehr zugesetzt, als ich gedacht hatte. Hätte ich gefragt, hätte ich ausnahmsweise sicher eine Pause extra bekommen, aber das wollte ich nicht.

Ich schnappte mir meine Wasserflasche und überblickte den Platz. Die meisten nutzten die Zeit, um kurz etwas zu trinken. Andere gingen nochmal die Übungsabläufe durch. Schließlich erreichte mein Blick Connor.

Er zog gerade sein langes T-Shirt aus und warf es auf seinen Rucksack. Während er sich umdrehte kamen seine starken Arme zum Vorschein. Ich verschluckte mich geschockt an meinem Wasser. Instinktiv griff ich mir an die eigenen Arme. Diese waren jedoch fast unversehrt. Ganz im Gegensatz zu Connors Armen. An seinem linken Arm zeigten sich schmerzhaft aussehende Verbrennungen ersten Grades. Die Haut war an diesen Stellen tiefrot und das Gewebe der ersten Hautschicht, der Epidermis, komplett geschädigt. Außerdem war sein Arm leicht geschwollen. Es sah ziemlich schlimm aus.

Ich wäre gerne zu ihm gegangen und hätte ihn bedauert. Aber ich wusste, dass er mein Mitleid nicht wollte. Er würde es jederzeit wieder machen. Denn ich war für ihn wie eine kleine Schwester. Und für seine Schwester tat er anscheinend alles.

In den nächsten Tagen wurde viel Zeit dafür genutzt, das Hauptgebäude wieder aufzuräumen. Das musste so schnell wie möglich geschehen, da die Räume für den Unterricht unentbehrlich waren. Abwechselnd teilten sie je nach Ausmaß der Schäden zwei bis fünf Schüler ein.

Ich war zusammen mit Riley eingeteilt worden. Er war ein Jahr älter als ich und hatte hellbraune Haare, welche er meist ziemlich „messy" trug, was aber dennoch irgendwie gestylt aussah. Eigentlich war er ganz nett. Vielleicht auch ein bisschen zu sehr von sich selbst überzeugt, aber definitiv charmant. Und eine gewisse Arroganz war ihm gewissermaßen nicht zu verübeln. Denn er sah, da konnte man sagen was man will, wirklich gut aus.

Ich stieg über verkohlte Bücher und versuchte zu retten, was noch zu retten war. Nach einer Weile waren fast alle noch halbwegs unversehrten Bücher zurückgeräumt. Plötzlich fiel mein Blick auf einen halb verkohlten Zettel, welcher zwischen zwei Regalen klemmte. Ich zog ihn vorsichtig aus der Spalte und strich ihn glatt. Man konnte nur noch Bruchstücke lesen.

Es war eine Art Bedienungsanleitung, jedoch in Briefform. Man konnte weder erkennen von wem der Brief war, noch an wen er gerichtet war. Es ging um die neuen Stifte, von denen mir Lauren bereits erzählt hatte. Es wurde das Material beschrieben, die Funktionen und ganz unten war von dem roten, leuchtenden Punkt an dem Stiftkopf die Rede. „...alles nach Ihren Angaben gefertigt worden. Sie können mithilfe des roten Punktes, wie bereits bei unseren vorherigen Produkten...", der Rest war unerkennbar.

Ich wusste, dass der Brief nicht für meine Augen bestimmt gewesen war. Ich steckte ihn unauffällig in meine Hosentasche. Mein Instinkt sagte mir, dass da etwas nicht stimmte. Was auch immer dieser rote Punkt bedeutete, es beunruhigte mich.

Ich war fertig und lief zu Riley. Als der Plan für die Aufräumarbeiten ausgehängt worden war und meine Freundinnen entdeckt hatten, dass ich zusammen mit Riley eingeteilt war, sind sie fast erstickt vor Begeisterung. Ich hatte ernsthaft Angst, dass ich eine von ihnen per Brustkorbkompression und Atemspende wiederbeleben muss. „Hast du irgendjemanden bestochen?", hatte Amy mit großen Augen gesagt.

Lauren schloss sich ihr an: „Warum hast du nur immer so ein Glück? Ich muss mit Jay aufräumen. Also, vorausgesetzt er taucht auf..."

Riley stand neben einem Fenster und war gerade fertig geworden. Während er sich aufrichtete, strich er sich die braunen Haare nach hinten.

„Fertig", er lehnte sich leicht gegen die Wand neben dem Fenster.

Für einige Momente sahen wir uns schweigend an. Zum ersten Mal sah ich Riley *wirklich* an. So wie ich Bilder oder Gesichter ansah, bevor ich sie abzeichnete. Ich scannte das gesamte Gesicht. Beginnend mit Kopfform und den Haaren. Dann die Stirn und die Augenbrauen. Danach machte ich einen Sprung zur unteren Gesichtshälfte. Ich betrachtete das Kinn und den Mund. Und schließlich die Nase und die Augen. Hier, im Zentrum des Gesichtes endete ich gewöhnlich.

Riley hatte kein gewöhnliches braunes Haar. Angestrahlt von den Sonnenstrahlen, die durch das Fenster auf seine Haare fielen, schimmerte es golden, was es fast unmöglich machte, ihm eine einzige Haarfarbe zuzuordnen.

Seine Augenbrauen waren natürlich, aber trotzdem schön geformt. Sein Kinn war markant und seine Wangenknochen deutlich zu sehen. Trotzdem wirkten sie nicht zu hart. Seine Lippen waren leicht rosa, ebenso wie die Wangen, was das Gesicht lebhaft und jugendlich wirken ließ, trotz der erwachsenen Gesichtsform.

Am Schluss blieb ich an seinen Augen hängen. Sie waren relativ nah an seinen Augenbrauen und bildeten den perfekten Abschluss und gleichzeitig den Mittelpunkt seines Gesichtes. Im wahrsten Sinne des Wortes, denn an ihnen blieb man hängen. Seine Augen waren graubläulich und sein Blick selbstbewusst, ohne irgendeine Spur von Zweifel. Rileys Gesicht war ausgesprochen...symmetrisch.

Zugegeben, das klang im ersten Moment vielleicht nicht unbedingt nach einem Kompliment. Zu meiner Verteidigung muss man bedenken, dass „Symmetrie" ein uraltes Prinzip ist, welches sich gerade in der Natur überall wiederfindet. Was uns Menschen angeht, verbinden wir damit meistens Schönheit und vor allem Gesundheit. Zumindest, wenn man den zahlreichen Studien im Internet glaubt.

Irgendwann brach er die Stille: „Weißt du, was mir an deinem Gesicht am besten gefällt, Jade?" Er hielt einen Moment inne. „In meinem Kopf hat sich das irgendwie weniger creepy angehört...egal...deine Augenfarben."

Er wählte bewusst den Plural, da ich seit meiner Geburt zwei unterschiedliche Augenfarben hatte. Wegen meiner Iris-Heterochromie sahen die Regenbogenhäute meiner Augen durch die Pigmentstörung unterschiedlich aus.

Mein linkes Auge war blau und mein rechtes grünlich gefärbt.

Riley fuhr fort: „Man könnte meinen, dass deine Augen nicht zusammenpassen würden. Aber irgendwie macht es dein Gesicht einfach interessanter. Es passt zu dir. Es macht dich besonders."

Er wandte seinen Blick ab und ich musste lächeln. „Danke, so nett kenne ich dich ja gar nicht. Und du hast kein einziges Mal deinen eigenen Namen in den vier Sätzen erwähnt. Zeigt deine Ego-Therapie etwa schon Fortschritte?", fragte ich provokant.

„Ich gehe mal davon aus, das ist eine rhetorische Frage", gab Riley zurück.

Er wusste, dass ich es nicht böse meinte und mich über seine Bemerkung freute.

„Ach Jade", er lief vom Fenster aus in meine Richtung und blieb dicht rechts neben mir stehen, „bei deinem Verstand kannst du dir doch denken, dass es nur Teil meiner Strategie ist, dich endlich rumzukriegen."

Zusammen verließen wir die Bibliothek und anschließend auch das Gebäude. Gerade als ich den ersten Schritt nach draußen gesetzt hatte, hörte ich hinter uns die Stimme von Mister Scout, unserem Direktor.

„Haben Sie bei Ihren Aufräumaktivitäten irgendwelche Auffälligkeiten bemerkt?", er sah uns an.

„Nein, Mister Scout. Nichts Auffälliges", Riley antwortete für uns beide.

Ich nickte zustimmend und spürte im selben Moment den verkohlten Zettel in meiner Hosentasche. Damit war das Gespräch beendet. Nun verließen wir das Gebäude endgültig und gelangten endlich wieder an die frische Luft. Es hatte geregnet und die Luft war angenehm kühl. Eine Gruppe von Schülern kam auf uns zu. Darunter auch Lauren.

„Und wie war eure Putzaktion? Spannend?", fragte Lauren lachend.

„Du brauchst gar nicht so zu lachen", entgegnete ich ihr mit einem triumphierenden Schulterzucken, „morgen bist du dran!"

Am Abend in meinem Zelt überlegte ich, ob ich Lauren von dem Zettel erzählen sollte. Ich wollte mit jemandem darüber reden.

Doch ich wusste, dass es besser war zu schweigen. Einerseits, weil ich *sie* nicht in Schwierigkeiten bringen wollte. Andererseits, weil ich *mich* nicht in Schwierigkeiten bringen wollte. Je mehr Leute über etwas Bescheid wussten, desto höher die Wahrscheinlichkeit, dass die falschen Leute davon erfuhren. Und ich hatte, wie gesagt, ein mulmiges Gefühl bei der Sache.

Ich schaute mich um und als ich das Gefühl hatte allein zu sein, holte ich den Zettel aus meiner Tasche. Vorsichtshalber griff ich nach einem Buch und legte den Zettel zwischen die Seiten.

Unbewusst hatte ich gehofft mehr zu lesen. Natürlich wurde ich enttäuscht. Ich las den Zettel noch einmal. Zuvor hatte ich nicht darüber nachgedacht, aber nun fragte ich mich, über welche anderen Produkte geredet wurde. Wir hatten noch nie einen solchen Stift bekommen. Also welche Produkte waren gemeint? Irgendetwas wurde uns verheimlicht und wenn ich herausfinden wollte was, musste ich am besten so wie zuvor weitermachen.

Unauffälliges Verhalten war schließlich die beste Tarnung. Dennoch war ich fest davon überzeugt, mehr über diesen Brief herauszufinden.

In der Schule verhielt ich mich normal, meinen Freunden erzählte ich nichts und nahm wie gewohnt an allen Stunden teil. Ich wartete auf eine passende Gelegenheit unbemerkt in Mister Scouts Büro zu kommen. Denn nach zahlreichen Überlegungen erschien es mir doch am wahrscheinlichsten, dass ich dort fündig werden könnte.

Wie jedes Jahr gab es eine kleine Feier anlässlich des Geburtstages von Mister Scout. Für diese zwanzig Minuten verließ er sein Büro, was relativ selten der Fall war. Und es waren *genau* zwanzig Minuten. Ich kannte keinen Menschen, der so penibel genau war wie Mister Scout. Das Einzige, was mich noch mehr an ihm störte, war, dass es manchmal so schien, als hätte er nicht im Geringsten die Gabe sich in andere Menschen hineinzuversetzen und er daher ziemlich gefühlskalt wirkte.

Um auf mein eigentliches Thema zurückzukommen: Ich hatte zwanzig Minuten Zeit, um in sein Büro zu kommen, nach Hinweisen zu suchen - selbstverständlich ohne Spuren zu hinterlassen - und unbemerkt wieder zu verschwinden.

Ein Kinderspiel.

Das Büro war im dritten Stock. Die Tür würde er abschließen und es war unmöglich sie ohne Schlüssel unbeschädigt zu öffnen.

Zum Glück hatte ich in der Bibliothek ein Buch über die Grundrisse der einzelnen Stockwerke des Schulgebäudes gefunden. Ich würde im zweiten Stock in dem Raum genau unter dem Büro warten und dann aus dem Fenster steigen, einen Stock nach oben klettern und wieder durch ein Fenster direkt in sein Büro gelangen. Es war die Rückseite des Gebäudes und niemand würde mich sehen. Zudem befand sich dort eine Feuertreppe an der Hauswand.

Zugegebenermaßen, eher eine leicht morsche Leiter. Sie sollte längst ersetzt werden, da sie sicherlich niemanden mehr retten könnte. Normalerweise würde man lieber in dem brennenden Raum bleiben, als diese Leiter im dritten Stock zu benutzten. Aber ich hatte keine Wahl. Außerdem machte mir die Höhe nichts aus, ich hatte keine Höhenangst.

Zur Sicherheit würde ich Handschuhe tragen, um keine Fingerabdrücke zu hinterlassen. Die Haare würde ich unter einer Mütze verstecken, um a) keine Haare zu verlieren, die mich verraten könnten (hellblonde, sehr lange Haare waren mir sehr leicht zuzuordnen) und b) um nicht von ihnen behindert zu werden.

Zudem musste ich eine Kamera mitnehmen, da ich kein Beweismaterial mitnehmen konnte. Falls er wirklich Daten in seinem Büro aufbewahren sollte, waren sie mit hoher Wahrscheinlichkeit zumindest teilweise auf seinem Computer gespeichert, dafür war ein kleiner Stick.

Die Hauswand war hell. Helle Kleidung war also vorteilhaft, wenn ich nicht sofort auffallen wollte.

Glücklicherweise mussten wir Schüler nicht zur Feier und mein Verschwinden würde niemandem auffallen. Ein weiterer Vorteil war, dass die meisten Lehrer den Abend vor dem freien Samstag auf der Feier verbringen würden. Das bedeutete weniger Leute, die mir in die Quere kommen konnten.

Kapitel 6

Es war der Nachmittag vor der Feier. Die letzte Stunde war gerade zu Ende gegangen.

„Ich wünsche Ihnen einen schönen freien Samstag! Aber denken Sie an den Test am Montag und vergessen Sie Ihr Training nicht!", erinnerte uns unsere Lehrerin.

„Sie gehen ja sicher auch zu der Feier, viel Spaß dort", sagte ich freundlich im Vorbeigehen.

„Ja, gehe ich. Danke schön, Jade", sie lächelte mir zu. Ich blieb kurz stehen und fragte sie vorsichtig: „Kommt eigentlich die Familie des Direktors?"

„Seine Frau kommt."

Ich schaute sie verwundert an: „Er ist verheiratet? Das wusste ich gar nicht."

„Ja ist er. Er und Grace sind schon seit 18 Jahren verheiratet, er behält sein Privatleben aber lieber für sich. Grace kommt zum ersten Mal mit zur Feier. Die meisten Schüler wissen nicht einmal, dass er verheiratet ist", erklärte meine Lehrerin.

Ich bedankte mich für die Auskunft und folgte den anderen nach draußen. Lauren, Connor, Amy und Alisha hatten sich vor Connors Zelt verabredet.

Ich sagte meinen Freunden, mir wäre übel vom Mittagessen in der Kantine und gab vor, mich hinlegen zu wollen. Kurz darauf befand ich mich alleine in unserem Zelt.

Glücklicherweise waren Jungen- und Mädchenzelte getrennt und ich konnte unbemerkt verschwinden.

Zuvor packte ich noch meinen kleinen schwarzen Rucksack. Leider hatte ich nicht bedacht, dass dieser dunkel war, konnte jetzt aber nichts mehr daran ändern. Ein Seil, zwei Paar Handschuhe, die alte Kamera, eine Stoppuhr, der Stick. Ich setzte eine helle Mütze auf und versteckte vor einem Spiegel sorgfältig alle meine Haare darunter. Meine Kleidung war ebenfalls hell.

Ich war bereit.

Relativ schnell war ich am richtigen Gebäude angekommen. Ich versteckte mich hinter Büschen und Bäumen, welche mir zusätzlich zu der abendlichen Dämmerung Schutz boten. Die Feier würde gleich beginnen.

Ich wartete hinter einem Strauch ein Stück links von der Gebäudetür gelegen. Es kamen einige Lehrer in schicken Anzügen heraus. Mitten unter ihnen war Mister Scout.

Ich startete meine Stoppuhr: 20 Minuten. Danach warf ich noch einen letzten Blick zum Büro. Das Fenster war zu. Ich schaute wieder zur Tür und war drauf und dran loszulaufen.

Aber Moment - Das Fenster war *zu*?! Mist. Ich rechnete mit einem offenen Fenster. Wut über die schon so früh missglückte Mission stieg in mir auf und ich riss unbewusst einen Ast aus dem Busch. Ich bemerkte meine geballte Faust mit dem Ast zwischen meinen Fingern und öffnete sie wieder.

Ich musste gelassen bleiben. Nachdem ich mich wieder beruhigt hatte, suchte ich fieberhaft nach einer Alternative.

Während ich zu überlegen begann, schaute ich nochmal nach oben. Mein Blick glitt auch über das Fenster und plötzlich fokussierte ich meinen Blick. Ich bemerkte einen kleinen Schlitz zwischen dem Fenster und der Wand. Es war überhaupt nicht zu, sondern nur angelehnt gewesen! Das bedeutete, dass ich wie geplant durch das Fenster in das Büro gelangen konnte. Sofort ärgerte ich mich über meinen vorschnellen Trugschluss.

Ohne weiter zu zögern, verschwand ich im Gebäude und schlich leise die Treppen nach oben. Es gab zwar einen Aufzug, aber ich entschied, dass es sicherer war zu Fuß zu gehen. Ein Aufzug bot keinen Fluchtweg.

Ohne weitere Komplikationen gelangte ich also in den zweiten Stock, doch plötzlich sah ich am Ende des Flures einen Schatten an der Wand.

Kurzentschlossen steuerte ich einen der tiefen Türrahmen an. Sie waren breit genug, um mich dahinter zu verstecken.

Nur Millisekunden nachdem ich im Schutz des Holzrahmens verschwunden war, ertönten auch schon Schritte. *Tapp. Tapp. Tapp.*

Mit jedem Schritt, den die Person näher auf mich zu kam, wurde ich nervöser. Ich fragte mich, wer um diese Zeit einen Grund hatte, sich hier oben aufzuhalten. Lautstärke und Schrittmuster nach zu urteilen, handelte es sich um einen Mann. Würde mich jemand sehen, gäbe es Fragen. Fragen, die ich auf keinen Fall beantworten wollte. Mir musste also etwas einfallen. Schnell.

Doch natürlich hatte ich ausgerechnet jetzt keine Idee. Ich machte mich auf das bevorstehende Gespräch gefasst und erwartete bereits die Standpauke, die mir unmittelbar bevorstand.

Aber soweit sollte es nicht kommen. Kurz bevor die Schritte an meinem Türrahmen angekommen waren, verstummten sie plötzlich.

Ich traute mich nicht, mich zu bewegen und hielt unbewusst den Atem an. Nach wenigen Sekunden ertönten die Schritte erneut, doch sie wurden langsam leiser und entfernten sich von mir. Die Person lief offensichtlich in die andere Richtung.

Meine Anspannung löste sich allmählich und ich atmete durch. Nach einer Minute war die Person so weit entfernt, dass man nichts mehr hörte. Vorsichtig verließ ich mein Versteck und sah den Gang entlang. Niemand war zu sehen.

Gerade als ich weiterlaufen wollte, nahm ich *hinter* mir eine weitere Person wahr. *Das kann ja wohl nicht wahr sein*, dachte ich mir zähneknirschend.

Ich drehte mich um. „Was machst du hier?", Connor blickte mich fragend an.

„Du musst nicht immer alles wissen, oder?", wich ich ihm aus.

„Jade, bring dich nicht in Schwierigkeiten, okay?", er

machte eine kurze Pause. „Ich werde jetzt runtergehen. Wir sehen uns dann später."

„Danke Connor. Es gibt aber keinen Grund dir Sorgen zu machen", sagte ich verlegen.

Ich fühlte mich ertappt, obwohl Connor natürlich nicht wissen konnte, was ich vorhatte. Kurz bevor er hinter einer Ecke verschwand, drehte er sich nochmal um.

„Das hab' ich schon mal irgendwo gehört", erinnerte er mich.

Ich biss mir auf die Lippe. Mist. Er hatte es geschafft, mir ein schlechtes Gewissen zu machen.

Aber mein Gewissen musste warten.

Die Szene eben hatte wertvolle Zeit gekostet. Nur noch 15 Minuten.

Ich betrat schnell den Raum unter dem Büro und öffnete das Fenster. Die Leiter sah wirklich nicht sehr zuverlässig aus. Trotzdem stieg ich aus dem Fenster und ließ es einen Spalt offen, für meinen Rückweg. Mit beiden Händen griff ich nach der Leiter und setzte vorsichtig einen Fuß nach dem anderen auf die Sprossen. Stück für Stück arbeitete ich mich nach oben.

Doch plötzlich hörte ich ein Knacken und Millisekunden später brach eine der Sprossen unter meinem Fuß zusammen. Noch bevor ich der Schwerkraft zum Opfer fiel, blieb mein Herz stehen. Dann rutschte ich ungebremst die Sprossen nach unten und dachte die Leiter würde jede Sekunde enden.

Mein Herz begann immer schneller zu schlagen. Die Leiter war fast zu Ende, als ich es irgendwie schaffte, mich wieder zu fangen.

Nachdem ich tief eingeatmet hatte, kletterte ich den ganzen Weg wieder zurück.

Endlich war ich oben angekommen und öffnete das Fenster, nachdem ich mir die dünnen Handschuhe übergezogen hatte. Neun Minuten.

Schnell verschaffte ich mir einen Überblick über das Zimmer. Mein Blick fiel sofort auf den Laptop auf dem braunen Schreibtisch. Ich klappte den Monitor auf und startete den Rechner. Wie erwartet ging ein Fenster für die Passwort-Abfrage auf. Schnell tippte ich eine Kombination aus Buchstaben und Zahlen ein. Als ich „Enter" drückte, ertönte leise ein Bestätigungsgeräusch. Treffer. Ich war drinnen.

Woher ich das Passwort kannte? Zugegebenermaßen, „kennen" ist eigentlich zu viel gesagt. Ich habe eher gehofft, dass unser Herr Direktor bei der Passwortfrage, wie der Durchschnittsmensch, vielleicht den Namen des ersten Hundes, „Passwort" oder eben den Namen der Frau und Hochzeitsjahr als Passwort verwendete. Wenigstens in einem Punkt schien er also halbwegs normal und menschlich fehlbar zu sein.

Nachdem ich den Stick in den Laptop gesteckt hatte, klickte ich mich durch die Ordner durch. Ich hatte weder genug Speicherkapazität noch Zeit, um den gesamten Laptop-Inhalt zu kopieren. Also beschränkte ich mich auf ein paar Ordner, welche einen verdächtigen Namen besaßen. Während ich die Daten des Computers auf meinen Stick kopieren ließ, begann ich mit meiner Suche auf dem Schreibtisch. Dort lagen haufenweise Papierstapel, alle jedoch perfekt geordnet und sorgfältig gestapelt. Die Dokumente waren für mich aber nicht weiter interessant. Ich ging durch den Raum und durchstöberte die Regale.

Nach kurzer Zeit stieß ich auf einen grauen Ordner. Erst dachte ich, ich hätte etwas gefunden, erkannte aber, dass ich mich verlesen hatte.

Ich wollte ihn gerade wieder zurückstellen, als ich noch einen Ordner hinter seinem Platz sah und zog ihn vorsichtig heraus.

Schnell schaute ich auf meine Uhr. Fünf Minuten. Ich hatte nicht genug Zeit, mir alles durchzulesen. Also packte ich die Kamera aus meiner Tasche und fotografierte die wenigen Seiten. Nur auf die letzten zwei Seiten warf ich einen kurzen Blick.

Viel Text gab es nicht, im Zentrum stand eine Art Schaubild. Erst dachte ich, es ginge um die Schulhierarchie, doch ich erkannte schnell, dass es sich um etwas anderes handelte.

Im Zentrum der Darstellung, hervorgehoben durch Pfeile und einen umrandenden Kreis standen die Buchstaben „E.S.C.", das Kürzel unseres Internats. Es schien Dreh- und Angelpunkt der ganzen Sache zu sein. Wie eine Art Motto.

Die Ordner schob ich schnell wieder zurück an ihre Plätze und widmete mich meinem Stick. Es war zwar noch nicht alles kopiert, aber ich musste ihn jetzt schon entfernen. Besser ein paar Daten weniger, als erwischt zu werden.

Zwei Minuten. Nachdem alles wieder in meinem Rucksack war, ging ich auf das Fenster zu und warf nochmal einen letzten Blick in das Büro.

Der Laptop war wieder zu, die Ordner alle an ihren Plätzen und keine meiner Sachen lagen noch in dem Raum. Schnell verglich ich den Raum mit einem Foto, das ich beim Betreten des Büros gemacht hatte. Falls ich etwas verschoben hatte, wäre es mir spätestens jetzt aufgefallen.

Ich stand gerade auf der Fensterbank, als ich Schritte hörte. Mein Puls schoss in die Höhe. Ein Schlüssel drehte sich in der Tür. Einmal. Zweimal.

Sie ging auf und Mister Scout betrat den Raum.

Kapitel 7

Ich hatte mich gerade noch rechtzeitig an die Leiter retten können. Weiterklettern war zu gefährlich, da ich ja wieder abrutschen könnte und es würde Mister Scout bestimmt wundern, wenn eine seiner Schülerinnen von der Hauswand fallen würde.

Seine Schritte bewegten sich auf das Fenster zu. Ich hielt wieder einmal den Atem an. Die Schritte wurden immer lauter. Nun stand er direkt vor dem Fenster. Er öffnete das Fenster und warf einen Blick hinaus.

Dann drehte sich wieder um. Ich atmete auf. Glück gehabt.

Plötzlich klingelte das Telefon, er nahm ab und verließ nach dem Telefonat das Büro untypischerweise wieder.

Das war meine Chance. Genauso vorsichtig, wie ich zuvor nach oben geklettert war, kletterte ich nach unten, stieg durch das noch offene Fenster und schloss es wieder. Als ich mich umdrehte, erschrak ich.

Aaron stand vor mir, mindestens genauso erschrocken wie ich. Ich sah auf seine Tasche. Mir war sofort klar, was er hier tat. Es waren Kopien der Lösungen für die nächsten Prüfungen.

Er sah mich prüfend an: „Du darfst nicht hier sein."

„Seit wann interessierst *du* dich für die Regeln?", konterte ich.

„Seitdem sie mir nützen", antwortete er.

Ich kam drohend einen Schritt näher: „Wir wissen beide, dass es besser ist, wir vergessen unser Treffen hier. Keiner von uns war hier, ist das klar?"

„Klar", er nickte.

Wir wollten gerade in Richtung Tür gehen, als jemand von außen die Türklinke nach unten drückte. *Ernsthaft?* Jetzt war es vorbei.

Was hatten wir für eine Ausrede uns hier zu befinden? Im Kopierraum, obwohl wir frei hatten? Wobei sich zudem noch die Prüfungslösungen in Aarons Rucksack befanden. Und dann würde auch mein Rucksack durchsucht werden, die Fotos gefunden und so weiter und so fort. Wenn dieses Szenario eintreten würde, könnte ich gleich damit anfangen, meine Grabrede zu schreiben.

Ich zögerte nicht lange und überraschte Aaron mit meinem spontanen Einfall mindestens genauso wie mich selbst.

Ich umfasste mit beiden Händen seinen Kopf und küsste ihn.

In diesem Moment kam Miss Winfield, die Empfangsdame in den Raum. Sie wurde leicht rot und strich sich durch die hochgesteckten Haare: „Ich wollte nicht stören. Ich gehe dann mal lieber wieder."

Eilig verließ sie peinlich berührt den Raum.

Erst als ich mir sicher war, dass sie weg war, ließ ich Aaron wieder los.

„Gern geschehen."

„Tu nicht so, als hätte es dir nicht gefallen. Ich hab'

genau gesehen, dass du die Augen geschlossen hast", gab Aaron als Antwort zurück.

Ich zuckte unbeeindruckt mit den Schultern: „Bin eben sehr überzeugend."

Damit drehte ich mich um, doch Aaron packte meinen Arm und zog mich zurück. Seine Lippen berührten meine und für einige Sekunden ließ ich mich darauf ein. Dann entschied ich mich anders.

„Idiot", ich gab ihm eine Backpfeife und drehte mich zur Tür.

Als ich die Tür hinter mir schloss, sah ich im Augenwinkel Aarons Lächeln.

Ohne Probleme gelangte ich wieder in mein Zelt. Ich ließ mich auf mein Bett fallen und fasste mir an die Lippen.

Als ich Blut schmeckte, sah ich mir auf die Finger. Ich musste mich beim Klettern verletzt haben.

Nachdem ich ein Pflaster gefunden hatte, wollte ich meine Kamera ansehen. Doch leider platzte Lauren in das Zelt und zog mich nach oben. Unbemerkt ließ ich die Kamera in meiner Nachttischschublade verschwinden.

Etwas widerwillig ließ ich mich aus dem Zelt ziehen, ging aber letztendlich freiwillig mit ihr zu den anderen. Die Gruppe hatte sich inzwischen vergrößert.

Ich setzte mich neben Connor. Er erwähnte unsere Begegnung mit keinem Wort mehr.

Um uns herum wurde es langsam dunkel.

Jay kam auf die Idee, ein Lagerfeuer anzuzünden. Das war ausnahmsweise mal eine wirklich *gute* Idee. Amy holte währenddessen ihre Box und machte Musik an.

Als mir kalt wurde, zog Connor seine Jacke aus und legte sie über meine Schultern. Mit meinen Lippen formte ich ein leises „Danke". Zum ersten Mal nach unserer Begegnung im Flur lachte er wieder richtig.

„Was ist so komisch?", fragte ich ihn.

„Ich bin froh zu sehen, dass du doch ein Gewissen hast", antwortete er mir grinsend.

„Hey, lass das! Natürlich habe ich ein Gewissen", ich boxte ihn in die Rippen. „Stell mich nicht schlechter dar, als ich bin."

„Schon okay, Kleines. Ich gebe mir Mühe", lachte Connor.

*

Am nächsten Morgen wachte ich schon früh auf. Es war unser freier Tag und alle anderen schliefen noch. Normalerweise hätte ich dasselbe getan, doch ich wollte so schnell wie möglich meine Errungenschaften vom Vortag untersuchen.

Überraschend wach richtete ich mich auf und legte meinen Monitor zur Seite. Ich musste gestern Abend vergessen haben, ihn auszuschalten.

Schnell wollte ich meinen Schlafanzug, bestehend aus einem Top und einer kurzen Boxershorts, sowie mein Fußkettchen gegen meinen Trainingsanzug tauschen.

Ich entschied mich dann aber dafür, dass es nur unnötige Zeitverschwendung wäre und zog nur etwas über das enge Top. Ich würde nicht mehr allzu lange allein sein. In spätestens einer Stunde würden die Ersten wach werden.

Also zog ich lediglich meine Nikes an und packte den Stick und die Kamera in meine Hosentasche.

Dann entschied ich, dass ich ein bisschen vorausschauender sein wollte. Falls doch etwas dazwischenkommen sollte, wollte ich nicht beide Beweismittel am exakt gleichen Ort versteckt haben. Den Stick holte ich also wieder aus der Hosentasche und steckte ihn in die kleine Seitentasche an meinen Nikes.

Vorsichtig stieg ich über die anderen Schüler in meinem Zelt und kam mir vor, als müsste ich roten Laserstrahlen ausweichen, welche unmittelbar einen Alarm auslösen würden. Dieses Gefühl verstärkte sich maßgeblich, als sich plötzlich Lauren umdrehte und fast mein Bein berührte, was *mich* wiederum fast aus dem Gleichgewicht brachte.

Ich lief den Kiesweg entlang und überquerte die Wiese, wobei ich so oft wie möglich Schutz hinter einem Baum suchte.

Ich hatte mich für die Sporthalle entschieden.

Erstens würde sich dort um diese Zeit niemand aufhalten. Zweitens könnte ich als Ausrede zusätzliche Trainingseinheiten benutzten, falls ich doch auf jemanden treffen sollte.

Als ich dort ankam, die schweren Türen öffnete und hindurch schlüpfte, bot sich mir nicht die übliche Sicht. In unserer Turnhalle gab es die Möglichkeit den Boden der Halle einzufahren, was ein Schwimmbecken freilegte. Somit hatten wir ohne weiteren Platz zu verbrauchen „zwei in einem". Turnhalle und Schwimmbecken. Das Becken war links flacher für die Schwimmanfänger und ganz rechts war es vier Meter tief. Der Nichtschwimmerbereich war durch eine schwimmende Absperrung von den anderen zwei Dritteln des Beckens getrennt.

Die Halle bot noch weitere Besonderheiten. Die Wand in Richtung Osten konnte per Knopfdruck durch eine Fensterfront ersetzt werden. Momentan fiel die aufgehende Sonne durch die Fenster auf das stille Wasser.

Ich lief ein Stück näher an das Becken. Da ich meine Schuhe auf keinen Fall nassmachen wollte, zog ich sie ein paar Meter vor dem Becken aus. Ich würde sie gleich wieder holen und mich irgendwo in die Halle setzen.

Als ich am Beckenrand angekommen war, glitt ich mit meiner Hand durch das kühle Wasser. Während ich am Beckenrand kniete, fiel mir ein Blinken auf der Wasseroberfläche auf. Es wurde langsam größer. Ich kniff die Augen zusammen und sah genauer hin.

Doch als ich realisierte, was um mich herum geschah, war es bereits zu spät.

Eine Hand packte unsanft meine Schultern und stieß mich nach vorne. Ich stürzte völlig überrascht und noch unfähig zu reagieren in das Becken, welches an dieser Stelle fast dreieinhalb Meter tief war. Meinen Angreifer konnte ich nicht sehen, da ich mit dem Rücken zu ihm ins Becken fiel.

Als ich aufkam, klatschte mir das kalte Wasser erbarmungslos ins Gesicht und ich verschluckte auch einen bedeutenden Teil davon.

Der Angriff erfüllte seinen Zweck, schoss es mir sofort durch den Kopf. Ich bekam Panik und die Beweismittel auf meiner Kamera konnte ich vergessen. Wobei ich natürlich nicht einmal wusste, was eben genau passiert war und ob das Ganze etwas mit meinem Besuch in Mister Scouts Büro zu tun hatte. Vermutlich war es mein schlechtes Gewissen, das diesen Gedanken aufkommen ließ.

Ich stand immer noch unter Schock und konnte nichts weiter tun, als zu beobachten, wie ich immer tiefer sank. Als ich am Beckenboden ankam, erholte ich mich langsam wieder von dem Schrecken und begann mich umzusehen.

Die Wasseroberfläche erschien unerreichbar.

Ich konnte aber keinen Schatten erkennen. Die Person war sicherlich schon verschwunden. Ehrlich gesagt, war das aber mein kleinstes Problem. Erstmal musste ich wieder nach oben kommen.

Und langsam ging mir die Luft aus.

Nach spätestens drei Minuten ohne Sauerstoff würde der Sterbeprozess beginnen und erste Zellschäden würden auftreten. Das sollte ich - wenn möglich - vermeiden.

Ich bewegte kräftig meine Arme und Beine und versuchte nach oben zu schwimmen.

Als ich mich nicht von der Stelle bewegte, sah ich schnell nach unten. Sofort erkannte ich mein Fußbändchen, welches sich in einem Metallgitter verfangen hatte. Ruckartig versuchte ich verzweifelt meinen Fuß zu befreien.

Das Kettchen steckte so fest in dem Gitter, als hätte man es dort festgeschweißt und es schnitt schmerzhaft in mein Bein. Meine einzige Chance war, es auszuziehen, was ich - rückblickend auf meine derzeitige Situation - schon heute Morgen hätte machen sollen. Doch der Metallverschluss war durch mein Strampeln verbogen worden und ließ sich nicht mehr öffnen.

Langsam aber sicher begann erneut Panik in mir aufzukommen. Trotzdem versuchte ich weiter, den Verschluss zu öffnen, während ich immer schwächer wurde.

Es war mir unbegreiflich wie, aber ich schaffte es beim zehnten Versuch den Verschluss aufzubrechen und befreite mich aus der Schlaufe. Die Luft wurde extrem knapp und ich war nun kurz vor der Bewusstlosigkeit. Ich brachte meine letzten Kräfte auf und bewegte mich auf die Oberfläche zu.

Als ich sie endlich erreicht hatte, blickte ich mich kurz um und stelle fest, dass ich allein war. Nachdem ich mich aus dem Becken gehievt hatte, brach ich auf dem Boden zusammen.

Als ich die Augen wieder öffnete, lag ich immer noch am Boden und konnte durch meine blinzelnden Augen verschwommen die Tür der Halle erkennen. Dumpf hörte ich Rufe und richtete mich langsam auf. Ich fasste mir an dem Kopf und sah mich um. Lauren und Amy liefen in die Halle.

„Jade, ich dachte du wärst tot!", Lauren kniete sich neben mich und half mir vorsichtig hoch.

„Dann wären wir schon zu zweit", bemerkte ich.

Plötzlich schrie Amy auf. Als wir ihrem entsetzten Blick folgten, fiel auch uns das Blut am Beckenrand auf. Ich sah auf meinen Fußknöchel. Dort, wo das Kettchen gewesen war, waren nun blutige Schnittwunden. Außerdem hatte ich einige (zusätzliche) Schrammen an Beinen und Armen.

Langsam kam ich wieder zu vollem Bewusstsein und mir fiel das Fehlen meiner Schuhe auf. Ich hatte sie nicht an und sie standen auch nicht neben dem Becken. Ich trat näher an das Becken heran und als ich die Augen fester zusammenkniff, sah ich sie am Beckenboden.

Ohne lange zu zögern sprang ich in das Becken und tauchte nach ihnen. Im Nachhinein hätte ich das sicherlich nie gemacht, aber so kurz nach dem Schock war mein Urteilsvermögen offensichtlich noch stark beeinträchtigt.

Mühelos packte ich sie und kletterte kurze Zeit später wieder aus dem Wasser. Obwohl ich versucht hatte, clever zu sein und Kamera und Stick getrennt voneinander aufbewahrt hatte, war alle Vorsicht umsonst gewesen. Beide waren im Wasser gewesen. Das Einzige was ich jetzt noch mit ihnen machen konnte, war sie in den Müll zu werfen. Die Beweise waren weg. Zumindest war es rückblickend gesehen nicht schlimm gewesen, dass ich bei meinem Ausflug ins Büro von Mister Scout nicht alles auf meinen Stick kopieren konnte. Jetzt war er sowieso hinüber.

„Jade, du spinnst doch. Du musst behandelt werden. Anscheinend nicht nur physisch. Und was ist eigentlich passiert?", Lauren sah mich sauer und gleichzeitig besorgt an.

Inzwischen war auch Connor dazu gestoßen.

„Ich wollte nur kurz die Temperatur des Pools checken und dann bin ich in den Pool gest...gefallen", antwortete ich wahrheitsgemäß.

„Das sind aber Verletzungen, die ein Sturz nicht erklären würde", hackte Connor misstrauisch nach.

„Mein Fußkettchen hat sich in dem Metallgitter verfangen und hat mich bei meinem Befreiungsversuch verletzt", ich zeigte auf das Gitter am Boden.

Connor akzeptierte meine Antwort vorerst und hob mich mit einem Schwung auf seine Arme, als wäre ich leicht wie eine Feder. Alleine verließen wir die Halle. Er trug mich zu unserer Krankenstation.

Als er mich in einiger Entfernung vor der Station absetzte, sah er mich ernst an: „Jade, du bist eine ausgezeichnete Schwimmerin..."

„Ich weiß nicht, ob jetzt die richtige Zeit für Komplimente ist. Ich sollte mich lieber erstmal durchchecken lassen", scherzte ich amüsiert.

Connor ignorierte meine fehlende Ernsthaftigkeit: „Ich weiß, dass ich dir vertrauen kann. Und dass du mich nicht anlügen würdest. Aber es fällt mir ehrlich gesagt schwer zu glauben, dass das eben ein Unfall gewesen sein soll. Dir würde sowas nicht passieren. Nicht ohne...Fremdeinwirkung."

Für einen kurzen Moment zuckte ich innerlich zusammen, als ich bei seinem letzten Satz an die unbekannte Person am Pool denken musste.

Connor musste es bemerkt haben, denn er zog seine Augenbrauen leicht zusammen, während er mich eindringlich musterte.

Meine Reaktion schien ihn zu bestätigen: „Als Freund gebe ich dir den Rat, dich in Zukunft einfach mal aus Angelegenheiten, die dich nichts angehen, rauszuhalten. Dann würdest du auch nicht in solche Situationen geraten. Ist das denn so schwer?"

Seine letzten Sätze klangen fast wie eine Drohung.

Ich wollte gerade zu meiner Verteidigung ansetzen, als er - ohne eine Antwort abzuwarten - verschwand. Verwirrt drehte ich mich um und lief, nach einem Zwischenstopp bei der Krankenstation, zu meinem Zelt.

Als ich angekommen war, kam sofort Lauren auf mich zu: „Ich hab' deine Schuhe mitgenommen. Sie stehen neben deinem Bett."

„Danke", ich lächelte.

„Wie geht's deinem Knöchel?", fragte Lauren fürsorglich.

„Nur oberflächliche Wunden, nichts Dramatisches", erklärte ich ihr.

Danach ließ ich mich erschöpft auf mein Bett fallen, zog den Stick aus meinen klitschnassen Schuhen und legte ihn auf meinen Nachttisch. Vorsicht erschien mir an diesen Punkt überflüssig.

Dann widmete ich mich der Kamera. Sie ließ sich nicht mehr anschalten. Ich konnte mich nicht wirklich darüber ärgern, da ich meinen Kopf woanders hatte.

Es gab da eine Sache, die mich nicht mehr losließ. Warum hatte der Angreifer meine Schuhe in den Pool geworfen? Wollte er mich damit ärgern? Ich meine, die Schuhe waren teuer. Aber warum hat er sie nicht mitgenommen? Die einzige logische Erklärung war, dass er von dem Stick wusste. Aber das war absolut unmöglich. Niemand hatte mich damit gesehen, da war ich mir ganz sicher.

Kapitel 8

Es vergingen einige Wochen und meine körperlichen Verletzungen verheilten wieder komplett. Was meine psychischen Verletzungen anging, war es definitiv komplizierter. Auch wenn ich es nicht zugeben wollte, es belastete mich ziemlich, dass mich jemand in den Pool gestoßen hatte. Selbst, wenn es nur als Warnung oder Streich gedacht gewesen war, es machte für mich kaum einen Unterschied. Und das Schlimmste war, dass ich mit niemandem darüber reden konnte.

Auch mein Verhältnis zu Connor hatte einen kleinen Knacks bekommen. Außerdem war ich übertrieben schreckhaft und sah in allem und jedem eine Gefahr.

Einmal lief ich durch einen Flur und meinte einen Schatten zu sehen. Ich hatte das Gefühl, er verfolgt mich. Plötzlich spürte ich zwei Hände, die mich an den Schultern packten. Erschrocken drehte ich mich um und holte zu einem Schlag gegen meinen Angreifer aus.

„Alles okay bei dir?", Lauren sah mich entgeistert an.

„Langsam fange ich wirklich an mir Sorgen zu machen!"

Verwirrt sah ich mich um. Nichts.

Außer uns beiden war niemand im Flur zu sehen. Ich hatte es mir eingebildet.

Ich begann an mir selbst zu zweifeln. Die Angstzustände verfolgten mich manchmal bis in meine Träume.

Jedes Mal waren es andere Situationen. Aber eine Sache war immer gleich. Ich konnte kein Gesicht sehen.

Es war ein unbekannter Gegner. Und das machte die Sache noch viel schlimmer.

Trotzdem versuchte ich, mich so gut es ging abzulenken. Heute fand beispielsweise ein Sportwettkampf statt. Ursprünglich sollte er erst in zwei Monaten stattfinden, doch aufgrund des guten Wetters und dem allgemeinen Wunsch nach einer Abwechslung im Schulalltag, fand er schon heute statt.

Es gab verschiedene Disziplinen und jeder konnte sich an einer selbstgewählten Disziplin beteiligen. Ich wählte den Kurzstreckensprint.

Wir starteten zu fünft. Lauren, Alisha, ich und zwei andere ältere Mädchen, die ich nicht kannte. Wir hockten alle in unseren Startklötzen.

Auf die Plätze.... Fertig..... Los!

Wir rannten los. Die Strecke war 100m lang und wir waren alle nicht schlecht. An einer anderen Schule hätte jede gewonnen. Nach 50m waren wir alle ungefähr gleich auf. Aber langsam wurde Alisha schneller. Nach 75m lag sie vorne.

Aber ich hatte meine Kräfte extra für die letzten Meter aufgehoben. Ich beschleunigte und zog an ihr vorbei. Als ich die 100m erreicht hatte, hatte ich sogar einen kleinen Vorsprung vor den anderen. Ich konnte schon immer sehr schnell laufen und solange ich denken konnte, war ich bei Wettläufen immer mindestens unter den besten drei gewesen.

Am Ende des Tages standen alle Ergebnisse fest. Ich war das schnellste Mädchen und nur 1 Sekunde langsamer als der beste Junge gewesen. Und dieser war - wie jedes Jahr - Aaron. Auch dieses Jahr war er nur wenige Sekunden über dem Schulrekord. Ich demnach natürlich auch.

„Gar nicht schlecht", sagte er anerkennend.

„Du aber auch nicht", gab ich aufgrund des Anlasses ungewohnt freundlich zu.

Als ich mich nach der Siegerehrung in meinem Zelt ausruhen wollte, hielt mich Connor vor dem Eingang auf. Als ich ihn sah, erinnerte ich mich wieder daran, dass ich mich mit den anderen verabredet hatte. Bevor ich etwas sagen konnte, begann Connor das Gespräch.

„Du, Jade. Ich weiß unsere Unterhaltung nach deinem Unfall verlief etwas…sagen wir unglücklich. Ich wollte nicht so hart sein", sagte Connor weich und sah mich mit seinen blauen Augen an.

„Das kann man so sagen", ich sah ihn kurz an, bevor ich einen Schritt auf ihn zuging und ihn umarmte. „Ich hab' dich vermisst Connor."

Nach wenigen Sekunden löste ich meine Umarmung.

„Ich will das alles auch so schnell wie möglich vergessen, aber eine Sache noch", ich sah auf meine Schuhe und ihm dann direkt ins Gesicht. „Was meintest du damit, dass es kein Unfall war?"

„Wovon redest du, Kleines? So habe ich das nie gesagt", er sah mich fragend an.

„Connor, ich bin mir ziemlich sicher...", fing ich an.

„Du hast einen Schlag auf den Kopf bekommen und das sicher falsch verstanden. Lass uns losgehen", unterbrach er mich.

Falsch verstanden. Ist klar. Ich glaubte ihm kein Wort. Vielleicht war er selbst schon mal in eine ähnliche Situation verwickelt gewesen? War auch er auf geheime Informationen gestoßen und wollte mich schützen? Möglich wäre es.

Alles in mir verlangte danach ihn zu fragen. Doch er war perfekt ausgebildet. Was er mir nicht bereits gesagt hatte, würde ich nie erfahren.

„Ja, du hast sicher Recht", log ich, „ich ziehe mich nur eben schnell um."

Connor nickte und ich verschwand im Zelt.

Als ich an meinem Bett angekommen war, warf ich einen Blick auf das goldene Abzeichen, das ich zuvor bei der Siegerehrung bekommen hatte. Es hatte die Form eines Wappens und es war umrandet von einem filigranen goldenen Lorbeerkranz.

Während ich mich schnell frisch machte und in ein blaues Skaterkleid schlüpfte, fiel das Abzeichen unbemerkt von meinen Klamotten auf den Gang.

Eilig schnappte ich mir noch mein Handy und lief unachtsam über den rot leuchtenden Punkt auf dem heruntergefallenen Abzeichen, bevor ich das Zelt verließ.

*

Am Mittwoch ging der Unterricht wie gewohnt weiter. In den ersten zwei Stunden hatten wir Kunst. Und erstaunlicherweise waren *alle* pünktlich zur ersten Stunde erschienen. Dementsprechend gut gelaunt war unsere Kunstlehrerin Miss Nicksay.

Miss Nicksay war noch relativ jung und hatte schulterlanges rotes Haar. Sie warf das Bild eines Tatorts aus einer Krimiserie an die Tafel. Wir sollten in diesen zwei Stunden versuchen, es so gut wie möglich abzuzeichnen.

Sie ging zwischen unseren Reihen durch und begutachtete unsere Arbeit. Man hörte nur unsere Bleistifte und das Klacken ihrer Schuhe. Sonst war es still, da alle konzentriert arbeiteten. Als meine Kursleiterin hinter mir stand, war ich bereits praktisch fertig.

„Gute Arbeit, Miss Lane", sagte sie sichtlich beeindruckt.

Sie wollte schon weiterlaufen, als sie sich nochmal umdrehte: „Könnten Sie kurz zu Miss Winfield gehen und einen Stapel Ordner für mich abholen? Sie weiß Bescheid."

„Ja, natürlich", ich stand auf.

Auf meinem Weg zur Tür, kam ich an Lauren vorbei, die ebenfalls fast fertig war und ein tolles Bild vorzuweisen hatte. Ganz im Gegensatz zu Amy, die verzweifelt zwischen ihrem Bild und der Tafel hin und hersah.

„So ein Mist aber auch", fluchte sie kaum hörbar.

Ich schloss die Tür leise hinter mir und lief die Treppe zur Empfangshalle hinunter.

Es machte sich ein mulmiges Gefühl in mir breit. Meine letzte Begegnung mit Miss Winfield war weniger gelungen und ihr ziemlich peinlich gewesen.

Aber als ich im Foyer ankam und auf den Tresen zuging, wusste ich, dass sie unsere Begegnung längst vergessen hatte. Zwei verliebte Schüler waren auf einem Internat natürlich nichts Ungewöhnliches. Selbst auf einem Internat wie unserem.

Miss Winfield hatte einen blauen Bleistiftrock sowie einen passenden Blazer an. Ihre braunen Haare waren in einem Dutt hochgesteckt. Dieser war im Vergleich zu Laurens Dutt weitaus ordentlicher.

Höflich sprach ich sie an und fragte nach den Ordnern. Miss Winfield überreichte mir zwei Ordner sowie einen Schnellhefter, der ganz oben auf dem Stapel lag. Ich machte mich wieder auf den Rückweg.

Auf meinem Weg nach oben, warf ich einen Blick auf den Schnellhefter. Durch die durchsichtige Folie konnte ich die Überschrift „Terrororganisationen" lesen. Ich ging davon aus, dass es sich um Unterrichtsmaterial für Miss Nicksays nächsten Kurs handelte. Schließlich war sie nicht nur Kunst-, sondern auch Politiklehrerin. In den letzten Jahren waren politisch unabhängige Terrororganisationen zu einem internationalen Problem geworden.

Natürlich wurden diese aktuellen Entwicklungen auch in unseren Kursen besprochen. Vor allem, weil man gerade in den letzten Monaten zunehmend von Anschlägen auf der ganzen Welt hörte.

Als ich kurz vor der Tür zu unserem Kursraum angekommen war, drehte ich mich noch einmal erschrocken um, weil ich das Gefühl gehabt hatte, eine Bewegung im Augenwinkel wahrgenommen zu haben. Natürlich war weit und breit niemand zu sehen.

Es gab immer noch einige Momente, die mich an meinen Unfall erinnerten. Aber es wurden immer weniger.

Mit der Zeit wurde es besser.

Bevor der Schulalltag weiterging, hatten wir eine kleine Pause, auch wenn sie niemand wirklich gebraucht hatte. Wir hatten uns auf die große Wiese im Freien gesetzt und sollten dort warten, bis es weiterging.

Ich sah nach oben. Dunkle Wolken zogen sich über uns zusammen und es schien, als würde der Himmel jede Sekunde seine Tore öffnen. Trotzdem beschlossen wir, draußen zu bleiben.

Lauren ging die Abläufe für ihre Turnprüfung diese Woche durch. Sie war sehr wendig und bewegte sich leichtfüßig, auch wenn sie gerne das Gegenteil behauptete.

Ohne, dass sie es bemerkte, holte ich meine neue Kamera aus der Tasche und schoss ein paar Fotos von ihr. Ich mochte die Fotografie, besonders, wenn ich Menschen fotografierte.

Vor einigen Jahren hatte ich im Rahmen des Unterrichts sogar eine Technik entwickelt, mit der man Leute möglichst unauffällig fotografieren konnte. So entstanden ganz besondere Bilder, Schnappschüsse, die eine ganz andere Qualität hatten, als andere Fotos. Natürlich konnte man auch ganz „normale" Schnappschüsse machen, wenn die Person beispielsweise wusste, dass sie fotografiert wird, für das Foto jedoch nicht bewusst posierte. Trotzdem war doch ein klarer Unterschied zwischen den Fotos erkennbar.

Auch wenn wir versuchten, es zu unterdrücken, unser Verhalten änderte sich sofort, wenn wir wussten, dass wir unter Beobachtung stehen.

Es ist vergleichbar mit einem simplen Atemexperiment. Das Atmen ist mit der einzige unbewusste Vorgang, den der Mensch mit seinem Willen beeinflussen kann. Sobald man über den eigenen Atemrhythmus nachdenkt, wird es unmöglich, im vorherigen Rhythmus weiter zu atmen. Man achtet bewusst auf den Rhythmus und dieser ändert sich, da er nicht länger vom Unterbewusstsein gesteuert wird.

Beim Fotografieren war das ähnlich. Wenn wir wussten, dass wir fotografiert wurden, machten wir uns unzählige Gedanken. Gedanken darüber, wie wir wohl aussehen. Gedanken darüber, welche Haltung unsere Beine länger und uns schlanker wirken lässt. Alles was wir tun, soll möglichst gut aussehen. Das beeinflusst unsere Haltung, Gestik und Mimik enorm.

Ich hatte den blinden Fleck unseres Auges ausgenutzt und durch eine Experimentreihe herausgefunden, in welchem Winkel und in welcher Entfernung zum Objekt man stehen bzw. sitzen sollte, um die geringstmögliche Aufmerksamkeit auf sich zu ziehen. Ich hatte analysiert, in welche Höhe Menschen am häufigsten sehen und wo eine Kamera am wahrscheinlichsten auffallen würde. Nachdem ich alle Parameter miteinander verrechnet hatte, hatte ich ein zufriedenstellendes Ergebnis erzielt.

In der Praxis war das Ganze dann aber doch viel zu aufwendig und nicht wirklich realisierbar, weshalb ich das komplette Projekt in den Keller zu den anderen Akten abgelegt hatte, wo es wahrscheinlich noch heute verstaubte.

In der nächsten Stunde hatten wir Sport. Alle hatten gute Laune. Das Wetter machte trotzdem, wie erwartet, nicht mit und es regnete in Strömen. Die Frage nach Sport im Freien war damit geklärt. Innen gab es ohnehin viel mehr Möglichkeiten.

Wir fingen mit Zweikampf an. Mädchen und Jungen gemischt. Die Partner wurden nach jeder Übung gewechselt. Unsere Lehrerin, Miss Carter, erklärte uns den groben Ablauf der Übungseinheit und machte einige Techniken kurz vor. Dann waren wir dran.

Ich schaute misstrauisch in die Halle. Es war immer noch ein komisches Gefühl hier zu sein.

Wenigstens hatten wir in diesem Jahr keine Schwimmstunden mehr.

Schließlich war Aaron mein Partner. Wir waren fast gleich groß. Er hatte mehr Muskeln, ich war schneller.

„Jade, ein Tipp von mir. Pass auf, dass du nicht wieder ins Wasser fällst", meinte Aaron neckend und erntete Jays Lachen.

„Pass du auf, dass du nicht gleich von mir persönlich in den Pool befördert wirst", entgegnete ich scharf.

Als die Übung begann, beschwerte er sich: „Gegen Mädchen kämpfen ist doch Blödsinn. Ich schlage keine Mädchen."

Draufgängerisch fügte er noch hinzu: „Ist doch klar, wer da gewinnt."

Ich sah ihn genervt an.

Schließlich setzte er doch zu einem Schlag an, verfehlte mich aber knapp. Ich drehte mich nach links und er packte meine Handgelenke. Als er dachte, er hätte mich unter Kontrolle, nutzte ich den Moment der Unachtsamkeit und drehte mich aus seinem Griff. Blitzschnell griff ich nach seinem Oberteil, zog ihn vor mich und trat ihm mit meinem Bein in die Rippen, wodurch er zusammenklappte. Sein T-Shirt hatte einen Riss an der Schulter abbekommen.

„Ey, das war ein *Calvin Klein* T-Shirt!", beschwerte er sich entsetzt.

„Ich bin sicher, es gibt genug Gelegenheiten, dir ein Neues zu klauen", meinte ich unbeeindruckt.

„Jetzt bist du echt zu weit gegangen", er kam drohend und ziemlich wütend einen Schritt näher.

Ich hatte einen wunden Punkt erwischt. Aber wer austeilt, muss auch einstecken können. Aufgrund seiner Herkunft hatte er teilweise auch von Seiten der Lehrer mit Vorurteilen zu kämpfen. Vor allem an diesem Internat. Seine Mutter war Kanadierin und sein Vater kam aus dem Irak. Nicht jeder war im 21. Jahrhundert angekommen, was „ethnic diversity" und „inter-ethnic relationships" anging.

Nach ein paar Minuten hatte er sich aber wieder beruhigt.

„Du übertreibst so wegen einem T-Shirt?! In manchen Momenten frage ich mich wirklich, ob du einen Knall hast, Aaron", ich hielt einen Moment inne, „in anderen, bin ich mir sicher".

Drei Partnerwechsel später war die Übung beendet.

Als nächstes gingen wir zu den Turnringen. Obwohl wir insgesamt sechs Ringe zur Verfügung hatten, fuhr Miss Carter jedes Mal lediglich zwei davon herunter - und zwar immer die zwei linken. Diese Eigenart von ihr war im ganzen Internat bekannt.

Früher hatte ich mich darüber immer gewundert, weil mit den zusätzlichen vier Ringen insgesamt drei Personen parallel hätten üben können und so logischerweise nur eine Person.

Inzwischen glaubte ich, dass sie damit den Druck auf den Turnenden erhöhen wollte. Jeder Einzelne von uns wurde bei seiner Übung von allen anderen beobachtet. Kein Fehler blieb unbemerkt.

Brav stellten wir uns alle gemäß unserer Kursliste in einer Reihe auf. Diese Liste war eine weitere Eigenart meiner Sportlehrerin. Denn sie war weder alphabetisch noch sonst irgendwie sinnvoll sortiert. Die Reihenfolge der Namen schien fast zufällig. Trotzdem war ihr die Liste ziemlich wichtig und sie kam bei allen möglichen Übungen zum Einsatz. Deshalb hatten wir sie zu Kursbeginn als aller erstes auswendig lernen müssen. Miss Carter hatte wenig Lust jedes Mal alle Namen vorzulesen. Da unser Kurs dennoch verständlicherweise keine Lust hatte sich 25 (scheinbar) unsortierte Namen zu merken, beschlossen wir, das Ganze als Teamaufgabe zu lösen. Jeder merkte sich seinen Vorder- und Hintermann. Natürlich vertraute dieses System darauf, dass wirklich jeder seine zwei Namen kannte, aber erstaunlicherweise hatte es bisher noch nie Probleme gegeben.

Ich war besonders gut weggekommen, denn ich musste mir nur einen Namen merken. Ich war die erste auf der Liste.

Miss Carter erklärte wie jedes Mal zunächst die Aufgabe, bevor es losging.

Gerade als sie fertig war und zur Seite trat, um mir Platz zu machen, spürte ich einen metallischen Geschmack auf meiner Lippe. Instinktiv fasste ich mir unter die Nase und betrachtete anschließend meine Finger: ...Blut.

Miss Carter hatte mein Nasenbluten inzwischen auch bemerkt und gab mir zu verstehen, dass ich kurz in die Umkleidekabine gehen könnte.

Sofort nachdem ich aus der Reihe getreten war, nahm Ashley McGowan meinen Platz ein.

Ich joggte in die Kabine und schnappte mir ein paar Papiertücher, die ich mir unter die Nase hielt. Ich bemerkte, dass das Bluten bereits aufgehört hatte und wischte die letzten Blutreste aus meinem Gesicht.

Gerade als ich den Wasserhahn zudrehte, hörte ich einen schrillen Schrei aus der Sporthalle. Schnell rannte ich zurück in die Halle. Ashley lag auf dem Boden und hielt sich mit schmerzverzerrtem Gesicht ihren Fuß. Neben ihr lag einer der Holzringe sowie das an dem Ring hängende Seil. Miss Carter sah sich gerade Ashleys Verletzungen an.

„Sie haben Glück gehabt, Ashley. Sie haben den Knöchel vermutlich nur verstaucht. Aber das soll sich gleich nochmal unser medizinisches Personal ansehen", erklärte sie ihr.

„DAS nennen Sie Glück? Ich hätte mir sonst was tun können! Ich werde die Person, die die Seile angebracht hat, verklagen!", gab Ashley patzig zurück.

„Was ist passiert?", fragte ich in die Runde.

„Ashley hat gerade die Übung gemacht. Dann hat sich plötzlich mitten im Schwung das Seil gelöst und sie ist aus relevanter Höhe auf den Boden gefallen", antworteten mir die anderen.

Ich ging in die Hocke, hob das Seilende auf und betrachtete es genauer.

Amy, die inzwischen neben mir stand, folgte meinem Blick: „Das Seil muss sich irgendwie von der Decke gelöst haben."

Erst konnte ich nichts Ungewöhnliches erkennen, doch dann fiel mir auf, dass zwischen den abgerissenen Seilstücken sauber durchtrennte Fasern sichtbar waren.

„Ja, entweder das", antwortete ich Amy gedankenverloren, „oder es *wurde* gelöst."

Ashley wurde nach dem Vorfall ärztlich behandelt und genoss die Aufmerksamkeit um ihre Person. Und spätestens nachdem sie eine Krankenschwester wie eine Furie anfuhr, da sie ihr Wasser *ohne* Kohlensäure brachte, wünschte ich mir insgeheim, der Sturz hätte sich weniger auf ihren Knöchel und mehr auf ihre Stimmbänder ausgewirkt.

Als sich der ganze Trubel geklärt hatte und wir bereits auf dem Weg zu unserem nächsten Kurs waren, fiel mir auf, dass mir meine Sporttasche fehlte.

„Lauren, ich gehe nochmal in die Turnhalle. Ich muss in der Aufregung meine Sporttasche vergessen haben."

Sie nickte und ich lief zurück zur Turnhalle.

Als ich ankam, war sie leer. Zielstrebig ging ich auf meine schwarze Sporttasche zu. Ich musste die gesamte Halle durchqueren, bis ich sie endlich erreicht hatte. Nachdem ich sie mir umgehängt hatte, entschied ich mich dafür den Seitenausgang zu nehmen, um nicht nochmal durch die ganze Halle laufen zu müssen. Die Stille machte mich unruhig und erweckte unangenehme Erinnerungen.

Während ich die Ruhe vor einigen Wochen noch als beruhigend empfunden hatte, bewirkte sie jetzt genau das Gegenteil.

Ich drückte die silberne Türklinke nach unten und die Tür sprang auf. Hinter mir schloss ich sie wieder und drehte mich schon von der Sporthalle weg, als mir etwas ins Auge stach, das überhaupt nicht ins restliche Bild unseres Internats passte.

Rote Sprühfarbe. Verteilt auf der gesamten Hallenwand. Ich stand so nah davor, dass ich erst nach ein paar Sekunden realisierte, dass es sich um einen Schriftzug handelte.

Also ging ich einige Schritte rückwärts, um die Botschaft lesen zu können. Je weiter ich zurücktrat, desto mehr setzten sich die einzelnen riesigen, rot leuchtenden Buchstaben zu Wörtern zusammen. Als ich schließlich den kompletten Satz lesen konnte, musste ich schlucken.

Ich wusste sofort, dass die Nachricht an mich gerichtet war. Ich wusste es in der Sekunde, in der ich den Satz las. Es war vielleicht egozentrisch anzunehmen, dass sich immer alles um mich drehen musste. Aber es war eindeutig. Es war eine weitere Warnung an mich. Genauso wie die manipulierten Turnringe, wurde mir just in diesem Moment klar. Es war reiner Zufall gewesen, dass in diesem Fall Ashley die Leidtragende gewesen war. Denn eigentlich wäre ich an ihrer Stelle gewesen. Denn ich war die Nummer 1 auf der Liste.

Das Graffiti an der Turnhalle und die Spekulationen darüber, wer dafür verantwortlich war, waren die gesamte nächste Woche Gesprächsthema Nr. 1 am Internat. Es hatte natürlich nicht lange gedauert, bis jemand die auffallende Farbe bemerkt hatte. Ich hatte niemandem davon erzählt.

Als mich Lauren, sofort nachdem sie davon gehört hatte, darauf ansprach, fühlte ich mich ertappt. Ich hatte Angst davor, wie sie reagieren würde. Wie sollte ich ihr erklären, dass ich in das Büro unseres Direktors eingebrochen war und seitdem jemand versuchte mich einzuschüchtern? Sicherlich war sie am meisten darüber verletzt, dass ich mich ihr nicht anvertraut hatte.

„Was glaubst du?", Lauren sah mich mit leuchtenden Augen an.

„Was meinst du damit?", fragte ich sie verwirrt.

„Du musst dir doch sicher schon Gedanken darüber gemacht haben, *wer* die Turnhalle besprüht hat? So wie ich dich kenne, hast du bestimmt schon eine Liste mit Verdächtigen angelegt oder?"

Lauren lief auf und ab. „Das ist echt aufregend. Sowas gab es noch nie an unserem Internat. Ich weiß nicht mal, wo man die Farbe herbekommt. Ich bin sicher, Mister Scout ist stinksauer. Graffiti an unserer Schule!"

Langsam realisierte ich, dass ich keine Verwürfe von Lauren zu erwarten hätte. Sie hatte keine Ahnung, an wen die Botschaft gerichtet war und was sie zu bedeuten hatte. Sie hielt das Ganze für eine Art Streich.

Im Laufe des Tages merkte ich, dass sie mit dieser Vermutung nicht alleine war. Niemand schien mich nur in geringster Weise mit den roten Buchstaben in Verbindung zu bringen. Meine Sorge wandelte sich rasch in Missmut. Schnell war ich genervt von der Graffiti-Debatte und ich versuchte das ganze Thema so gut es ging zu vermeiden. Doch entgegen meiner Mutmaßung hielten die Gespräche bis Ende der Woche an.

Überall wurde man daran erinnert. An einem Tag kam ein Teil der Schüler sogar in roten T-Shirts, um die Lehrer zu ärgern. Es war die temperamentvollste Protestform, die wir uns hier leisten konnten.

Als ich die Buchstaben an dem Nachmittag nach meinem Sportkurs das erste Mal gelesen hatte, hatte ich keine Vorstellung davon, wie sehr mich diese rote Sprühfarbe beschäftigen und verrückt machen würde. Klar, es war ein Schock gewesen, die Warnung zu lesen. Aber das Schlimmste daran war, dass es diesmal kein Entkommen gab. Es war kein einmaliges Ereignis, sondern ein immer wieder aufkommendes Thema. Ohne es zu wissen, quälten mich selbst meine Freunde damit, indem sie darüber redeten. Es war eine Form des psychologischen Terrors, der niemandem außer dem Zielobjekt schadete. *Clever*, musste ich eingestehen.

Kapitel 9

Vier Wochen später saß ich gerade im Biologieunterricht, als eine Durchsage gemacht wurde:

„Liebe Schüler und Schülerinnen des achten Jahrganges. Wir bitten Sie alle in zehn Minuten im Foyer zu erscheinen. Vielen Dank."

Die klare Stimme der Sekretärin verstummte. Zehn Minuten später befand ich mich zusammen mit den anderen Schülern im Foyer und bahnte mir einen Weg zu Lauren.

„Wie viel Uhr haben wir?", fragte ich, nachdem ich endlich zu ihr vorgedrungen war.

„Weiß nicht", Lauren zuckte mit den Schultern.

„Danke, so genau wollte ich es gar nicht wissen", erwiderte ich ironisch.

Der Direktor war persönlich erschienen und begrüßte uns. „Nun, Sie wissen ja sicher, dass unsere Schule gelegentlich spezielle Aufträge an unsere Schüler verteilt. Eben solch einen Auftrag gibt es für zwei von Ihnen. Ich denke, es ist bekannt, dass wir normalerweise ältere Schüler bzw. Studenten für diese Aufträge auswählen und deshalb ist es für die zwei betroffenen Schüler eine ganz besondere", er stoppte für einen Moment, „Ehre. Sie verstehen sicher, dass die Details nur mit den Betroffenen selbst besprochen werden. Aber nun kommen wir endlich zur Bekanntgabe der Beiden. Der erste Schüler, der für diese besondere Aufgabe ausgewählt wurde, ist…"

Man konnte diese gewisse Spannung im Raum spüren. Jeder hoffte ausgewählt zu werden, da die Aufträge große Chancen darstellten, *vor allem,* weil überwiegend ältere Studenten ausgewählt wurden. Es ging um Prestige.

Ich hatte keine großen Erwartungen und lehnte mich gegen die Wand als der erste Name fiel: Riley Graves. Er strich sich durch die Haare und lächelte breit, als er nach vorne trat. Vorne angekommen, schüttelte er Mister Scouts Hand und stellte sich rechts neben ihn.

Mister Scout fuhr fort: „Und nun zu deiner Begleiterin. Ich bitte nach vorne: Jade Victoria Lane."

Erschrocken hob ich den Kopf. Der Moment der Überraschung dauerte jedoch nur kurz an und ich lief durch die Menge direkt auf Riley zu. Lauren sah mich mit riesigen Augen an, als ich an ihr vorbeiging.

Wie bei einer Rettungsgasse teilte sich die Schülermenge vor mir, sodass ich ungehindert nach vorne gehen konnte. Der Weg nach vorne kam mir wie eine halbe Ewigkeit vor, da mich alle - WIRKLICH ALLE - anstarrten.

Ich entspannte mich wieder, als ich vorne ankam. Ich hoffte, dass Riley die Blicke auf sich lenkte. Der war noch ziemlich verschlafen und seine Haare weniger gestylt als sonst, was seiner Attraktivität jedoch keinen Abbruch tat.

Halb zu mir, halb zu sich selbst sagte er: „Ich sehe doch aus wie der letzte Idiot...Warum warnen die einen denn bei so was nicht vor?"

Er spielte auf das obligatorische Foto an, welches nach den Bekanntgaben für das Schularchiv gemacht wurde.

„Gut, also ich kann jetzt keine Veränderung zu sonst feststellen, Riley", kommentierte ich seine Aussage leise, aber doch laut genug, um einen scharfzüngigen Unterton nachklingen zu lassen.

Riley lehnt sich zu mir: „Danke für Ihre Einschätzung, Sherlock."

Damit war das Treffen im Grunde auch schon beendet. Es gab das Foto von uns beiden, wobei er mich geschickt umarmte und unauffällig zu sich zog, sodass ich ihn mindestens genauso unauffällig treten musste.

In den nächsten Tagen war ich hauptsächlich damit beschäftigt, mich für den Auftrag vorzubereiten. Noch am selben Abend hatten wir nähere Details zu unserer Mission erhalten.

Es handelte sich um eine gestohlene Akte unserer Schule, welche wir zurückbringen sollten. Was sich jedoch in dieser Akte befand, wurde uns nicht gesagt und wir wussten, dass es besser war, nicht zu fragen. Auch wer die Akte gestohlen hatte bzw. den Diebstahl in Auftrag gegeben hatte, war unklar. Wir würden im Team versuchen die Akte zurückzuholen, wobei wir unter anderem auf einer Yacht suchen würden. Genaue Orte wurden uns nicht genannt, um zu verhindern, dass wir etwas weitererzählen könnten.

Jetzt war mir auch bewusst, warum gerade Riley ausgewählt worden war. Er war einer der besten Schwimmer der Schule. Was mich betraf, fing Lauren sofort an, darüber zu spekulieren, was *meine* Auswahl beeinflusst haben könnte.

„Vielleicht deine herausragenden schulischen Leistungen. Oder deine ausgeprägte Beobachtungsgabe. Dir fallen Dinge auf, die alle anderen übersehen. Es könnte aber genauso gut sein, dass sie jemanden wollen, der gut mit Druck- und Stresssituationen umgehen kann. Vermutlich war Letzteres ausschlaggebend. Was meinst du, Jade?"

Ich hatte ihr geantwortet, dass ich mich lieber auf die Erfüllung meiner Aufgabe konzentrieren würde, als zu überlegen, warum ich diese erhalten hatte. Lauren hatte diese Antwort akzeptiert und mich nicht mehr danach gefragt. Zumindest vorerst. Schließlich wusste ich, wie hartnäckig sie sein konnte.

Die Wochen vor der Mission unterschieden sich von unserem gewohnten Alltag. Die meiste Zeit verbrachten Riley und ich zusammen. Wir sollten uns aneinander gewöhnen.

Bereits zwei Tage nach der Bekanntgabe der Auswahl, wurden unsere Impfungen aufgefrischt. Ich wurde gegen Tollwut und Hepatitis A geimpft, der restliche Impfschutz war anscheinend ausreichend.

Kurz vor unserer Abreise wurden zur Sicherheit nochmal die Titer bestimmt.

Uns wurden spezielle Kampftechniken gezeigt und weitere Anweisungen erteilt. Der normale Unterricht blieb aus, da er nicht entscheidend für den Auftrag war. Das Unterrichtsmodell war, wie gesagt, ziemlich flexibel. Schwimmunterricht wurde verstärkt.

Konzentration war während dieser Zeit sehr wichtig und wir versuchten so viel an Wissen, wie nur irgendwie möglich, aufzusaugen, da jedes noch so kleine Detail im Ernstfall Leben retten konnte. Wir verbrachten sogar ganze zwei Tage nur mit dem Aussehen und Erkennen der Akte. Erst wurde uns ein Bild mithilfe des Projektors gezeigt.

Die Akte sah auf den ersten Blick ganz gewöhnlich aus. Sie war beige und im DIN-A4-Format. Die Akte hatte weder einen Namen, noch andere nähere Informationen auf dem Umschlag. Anstelle dessen befand sich mitten auf dem Umschlag ein markantes weinrotes Symbol. Das Symbol kam mir sofort bekannt vor, da ich es heute nicht zum ersten Mal sah. Es bestand aus einem dünnen roten Kreis und einem Sechseck, welches dunkelrot gefärbt war, in dessen Mitte. Unten links, oben links und rechts grenzten insgesamt 3 kleine spitze Dreiecke an das Sechseck und schnitten den umliegenden Kreis, welcher dadurch in den Hintergrund trat. Im Zentrum des Symbols stand die Mitte des Sechsecks. Dieser Teil war grau und wirkte fast so, als würde er aus dem Papier hervortreten. In der Mitte war ein dunkler Kreis zu sehen, er erinnerte mich an eine CD. Erst jetzt fielen mir die drei Buchstaben E.S.C. am Kreisrand auf. Sie waren die Abkürzung für *Edward Sandtfort College*, den Namen unseres Internats, welches anfangs ein ganz normales College gewesen war. Wenn man genauer hinsah, fiel einem aber auf, dass die Abkürzung anders aussah als sonst. Die Buchstaben waren anders geformt und obwohl es dieselben Buchstaben waren, schien es, als stünden sie für etwas anders. Genauso, wie die Buchstaben, die ich in Mister Scouts Büro gesehen hatte.

Nach der Präsentation begannen die Übungen. Riley und ich saßen in einem kleinen Raum nebeneinander an Einzeltischen, so weit voneinander entfernt, dass wir nicht auf den Nachbartisch sehen konnten. Wir mussten uns die Akte anschauen und das Logo dann aus dem Gedächtnis abzeichnen. So oft, bis es eindeutig zu erkennen war. Es war schwerer als gedacht.

Danach bekamen wir ein Touch-Display in die Hand und mussten aus fünf Bildern das Bild mit „unserer" Akte anklicken. Die Abstände wurden immer kürzer.

Als Letztes bekamen wir Räume gezeigt, in denen sich irgendwo die Akte befand. Wir machten einen kleinen Wettkampf daraus. Wer die Akte schneller entdeckte, bekam einen Punkt.

Die Wochen verflogen wie im Fluge und schließlich war der letzte Abend vor unserer Mission gekommen. Unsere Freunde hatten eine kleine Feier zum Abschied organisiert. Amy, Alisha und Lauren hatten Laternen und Lichterketten aufgehängt und es gab ein kleines Lagerfeuer. Ein paar von Rileys Freunden hatten Snacks und Getränke besorgt. Da Riley und ich zusammen feierten, war eine beachtliche Menge an Leuten gekommen. Die große Wiese mit Sicht auf den Wald erschien uns als der ideale Platz. Im Hintergrund lief Musik.

Gegen Abend hielt Lauren eine kurze Rede, in der sie versicherte, dass sie uns vermissen würde und dass wir unbedingt genau berichten müssten, was wir erlebt hatten, wenn wir wiederkommen würden. Am Ende bekamen Riley und ich noch ein kleines Geschenk zum Abschied.

Manch einem mag ein solcher Aufwand vielleicht nicht verhältnismäßig vorkommen. Schließlich wanderten Riley und ich nicht nach Neuseeland aus. Aber einerseits dauerten die Missionen teilweise fünf oder sechs Monate, was in unserem Alter schon eine lange Zeit war. Andererseits war es mit den Jahren einfach eine Art Tradition geworden, kleine Feste vor Missionen zu feiern und ich konnte keinen Grund nennen, der dagegen sprach. Und genau deshalb genossen wir jede Sekunde des Abends, welcher noch bis spät in die Nacht andauerte.

Wir mussten morgens ziemlich früh aufstehen, was aber kein Problem war, da wir während der Fahrt genug Möglichkeiten zum Schlafen hatten.

Unsere Koffer waren schon gepackt und wir liefen in Richtung Schultor. Lauren, Connor und zwei von Rileys Freunden begleiteten uns. Die anderen Schüler hatten Unterricht, nur unsere engsten Freunde waren für den Abschied entschuldigt.

Als wir am Beginn der Allee, die zum Schultor führte, angekommen waren, mussten wir uns verabschieden. Langsam drehte ich mich um. Lauren trat unruhig von einem Bein aufs andere. Ich ging auf sie zu und umarmte sie, wobei sich ihre schwarzen Haare an meine Hände schmiegten.

„Ich werde dich vermissen", flüsterte ich.

„Das will ich doch hoffen", sie ließ mich los.

Als Letzter war Connor an der Reihe. Ich musste mich trotz meiner Größe auf Zehenspitzen stellen, um ihn zu erreichen.

„Bis bald, Kleines. Versprich mir nur eines: Versuche nichts allzu Unüberlegtes anzustellen", er lächelte mich an.

Auch wenn er lächelte, war die unterschwellige Drohung für mich nicht zu überhören.

„Ich denke, das kriege ich hin", versicherte ich ihm.

Wir schnappten uns unsere Koffer und liefen los.

„Wir sehen uns in spätestens zwei Monaten. Ich werde hier warten!", rief Lauren mir zu.

„Du kennst mich doch, ich werde kommen", ich drehte mich noch ein letztes Mal um, „kann aber sein, dass ich zehn Minuten Verspätung habe."

Lauren lächelte.

Ich lief weiter und bemerkte, dass Riley zu mir herüber sah. Ich nahm mit meiner freien Hand seine und wir liefen gemeinsam die Allee entlang. Schon von Weitem konnte man die drei Buchstaben E.S.C. auf dem Tor erkennen. Wir setzten unseren Weg fort, bis wir hinter dem schweren schwarzen Eisentor angekommen waren, welches sich mit einem dumpfen Geräusch hinter uns schloss.

*

Mit einem schwarzen Range Rover wurden wir zum Flughafen gebracht, sodass ich schon während dieser Strecke zwei Stunden Schlaf nachholen konnte. Auch Riley nutzte die Gelegenheit. Als wir endlich angekommen waren, bekamen wir unsere Tickets. Es ging nach Indonesien.

Wir suchten unser Terminal und warteten in einer leeren Sitzecke bis zum Boarding. Nachdem wir unsere Reisepässe und Tickets einer jungen und offensichtlich sehr an Riley interessierten Stewardess vorgezeigt hatten, wurden wir durch einen kleinen Gang geführt. Am Ende des Ganges wartete ein kleiner Bus auf uns. Er fuhr uns zu unserem Flieger.

Zu Rileys und meiner Begeisterung flogen wir mit einer kleinen, aber sehr komfortablen Privatmaschine. Jeder bezog seinen Platz und wir machten uns bereit für den Start.

Jeder, das waren in diesem Fall eine Stewardess, Riley, Gabriella, Chris und ich. Gabriella und Chris waren mitgekommen, um uns einzuweisen und uns während der ersten Tage zu unterstützen. Wir hatten sie bereits während den Vorbereitungen kennengelernt. Sie waren nett und ich war dankbar darüber, dass sie uns die organisatorische Arbeit abnahmen.

Das Flugzeug war jetzt in Position auf der Landebahn und fing an zu beschleunigen. Die Turbinen begannen sich immer schneller zu drehen und der Jet setzte sich langsam in Bewegung. Keiner der Anwesenden schien sich besonders auf den Start zu konzentrieren, geschweige denn Flugangst zu haben. Nach wenigen Sekunden hob das Flugzeug ab und der Flughafen unter mir wurde immer kleiner und kleiner. Schnell war ich eingeschlafen.

Ich konnte nicht sagen, wie lange ich geschlafen hatte, als ich wieder aufwachte. Ich sah nach rechts und fuhr verschlafen durch meine Haare. Riley war wach und sah aus dem Fenster. Ich wusste, dass er sich erstmal an die Situation gewöhnen musste und seine Ruhe wollte. Auch wenn er es sonst nicht zeigte, hatte auch er Zweifel an sich.

Der Psychologe, welcher uns vor der Mission „beobachtet" hatte, um unsere psychische Tauglichkeit zu bestätigen, hatte mich bereits vorgewarnt. Es gäbe einige ungelöste Konflikte, die nach seiner letzten Mission entstanden wären, mit denen er zu kämpfen hätte. Riley wurde nämlich vor einem Jahr schon mal für einen kleineren Auftrag ausgewählt. Dabei war er von einer Felswand gestürzt und hatte sich das Bein gebrochen. Der Bruch war eine geschlossene Querfraktur gewesen und konnte konservativ mit Gips behandelt werden. Trotzdem hatte Riley sehr starke Schmerzen gehabt und bekam für einige Zeit das hochpotente Schmerzmittel Fentanyl. Mir wurde gesagt, ich solle sein Verhalten am Anfang einfach nicht persönlich nehmen. Trotzdem hatte der Psychologe Riley für „geeignet" erklärt. *Offensichtlich* hatte er das, sonst säße ich jetzt nicht neben ihm in einem Privatjet auf dem Weg nach Indonesien.

Nachdem wir wieder Boden unter den Füßen hatten, ging es direkt ins Hotel. Als wir das Hotel betraten, sahen Riley und ich uns beeindruckt um. Das Foyer war riesig und hauptsächlich schwarz und golden gefärbt. Links und rechts gab es goldene Treppen mit Beleuchtung, welche sich ein Stockwerk höher schlängelten. Dazu gab es elegante schwarze Geländer. Genau über der Mitte des Eingangsbereiches hing ein großer Kronleuchter, der ein Kunstwerk aus tausenden von Kristallen darstellte. Da ich für meinen Teil in der letzten Zeit doch eher negative Erfahrungen mit Kronleuchtern gemacht hatte, hielt ich mich - vorsichtshalber - nicht direkt unter ihm auf.

Auf dem Marmorboden spiegelte sich das Deckenlicht und ließ alles erstrahlen. In einer Wand auf der rechten Seite war sogar ein riesiges Aquarium eingelassen, vor dem ein kleiner Junge aufgeregt hin und her hüpfte, während sich seine Mutter den Weg zu den Wellness-Einrichtungen erklären ließ. Ihr Sohn zupfte immer ungeduldiger an ihrem Rockzipfel, welchen er aufgrund ihrer hohen Schuhe kaum erreichte und versuchte ihre Aufmerksamkeit auf die Fische zu lenken. Es schien, als bekäme er sonst so ziemlich alles, was er wollte.

Unsere Betreuer meldeten uns an der Rezeption an und kurz danach waren wir auch schon auf dem Weg zu unseren Zimmern. Ein Page führte uns die linke Wendeltreppe nach oben. Riley und ich hatten getrennte Zimmer, welche sich jedoch genau gegenüberlagen. Einen Gang weiter waren die Zimmer von Chris und Gabriella.

Alle gingen direkt auf ihr Zimmer. Wir waren erschöpft, die Reise war doch ziemlich anstrengend gewesen. Außerdem war es ratsam Kräfte zu sammeln, bevor es richtig losging. Am nächsten Tag würde es direkt weiter zum Hafen gehen und wir würden auf die Segelyacht unserer Zielperson übersiedeln.

Wie ich schon bald feststellen sollte, die Segelyacht unserer Zielperson*en*.

Kapitel 10

Wie bereits erwähnt, sah unser Plan ursprünglich vor, dass wir am Tag nach unserer Ankunft zur Yacht übersiedeln sollten. Wegen des schlechten Wetters, wurde dieses Vorhaben aber um einen Tag verschoben.

Tagsüber hingen wir mehr oder weniger auf unseren Zimmern herum und wurden von einem unbekannten Pagen durch das Hotel geführt. Der Rest des Hotels wirkte nicht weniger luxuriös, sodass ich mich kaum traute, irgendetwas anzufassen, aus Angst, etwas kaputtzumachen und lebenslang Schulden abbezahlen zu müssen.

Unser Rundgang war schon fast zu Ende, als ich zufällig einen leerstehenden Salon am Ende des Flures entdeckte. Besonders auffällig war ein edler schwarzer Flügel, der in der Mitte des eindrucksvollen Raumes thronte. Von dem Pagen erfuhr ich, dass der Raum zurzeit unbenutzt war. Er schien sogar erfreut darüber, als ich ihn nach der Führung fragte, ob ich den Raum und das Instrument nutzen dürfte.

Also verschwand ich wenig später im Salon und schloss die Tür. Dann lief ich zu dem Flügel und verwarf den Vorsatz, nichts zu berühren recht schnell. Die Fenster des Raumes waren riesig und das rötliche Licht der Abendsonne fiel durch die Fenster auf den Parkettboden. Der Sturm hatte sich bereits fast vollständig gelegt.

Es regnete noch leicht, doch die Sonne durchbrach schon an vielen Stellen die Wolkendecke. Die wenigen Möbel waren mit bordeauxrotem Samt überzogen. Vorsichtig setzte ich mich auf den kleinen Hocker vor dem Flügel. Dann klappte ich behutsam den Deckel nach oben.

Nachdem ich die ersten Tasten angespielt hatte, merkte ich, dass das Instrument einwandfrei gestimmt war. Ich begann ein paar Stücke zu spielen. Irgendwann stoppte ich schließlich und sah mich um. Niemand war zu sehen. Dann fing ich an, ein neues Stück zu spielen und begann vorsichtig zu singen. Die Akustik des Raumes war ziemlich perfekt, da der leichte Hall für einen schönen Effekt sorgte. Als ich fertig war, den Deckel wieder runterklappte und aufstehen wollte, entdeckte ich plötzlich eine Person, die im Türrahmen stand. Es war ein junger Mann, vielleicht 24 Jahre alt, welcher schulterlange haselnussbraune Haare hatte.

Er grinste: „Du bist gut."

„Spionierst du immer so frech anderen Leuten nach?", ich ignorierte sein Kompliment.

„Nur, wenn es sich lohnt."

*

Ich begann die kleine Metallleiter hochzusteigen und blickte nach vorne. Er lehnte sich lässig gegen die weiße Wand und fuhr sich durch die haselnussbraunen Haare. Außerdem trug er eine schwarze Sonnenbrille, eine hochgekrempelte schwarze Jeans und ein lockeres weißes T-Shirt mit V-Ausschnitt, wodurch man seine Tattoos sehen konnte. An seinen Armen befand sich ein schwarzes Armband und er trug eine silberne Kette mit einem kleinen Kreuzanhänger um den Hals.

Ich wurde aus meinen Gedanken gerissen, als ich jemanden neben mir bemerkte. Riley war inzwischen ebenfalls angekommen und stand schräg hinter mir.

„Schön euch zu sehen! Ich hoffe ihr hattet eine angenehme Anreise", begrüßte uns eine unbekannte Stimme.

Ein ca. 45-jähriger Mann mit kurzen schwarzen Haaren, ebenfalls schwarzer Sonnenbrille, weißer Hose und Hemd betrat das Deck und kam auf uns zu. Für sein Alter - nichts für ungut - war er ziemlich attraktiv. Er schüttelte uns die Hand.

„Das hinter mir ist übrigens mein Neffe Tyler. Er wird uns begleiten. Ich gehe davon aus, er hat sich schon vorgestellt?", sagte er provokant.

Tyler klopfte ihm in diesem Moment auf die Schulter: „Ich wollte dir nur den Vortritt lassen. Alter vor Schönheit."

Er lächelte seinen Onkel mit einem strahlenden Lächeln an, sodass man unmöglich sauer wegen seiner Bemerkung sein konnte.

Tyler schüttelte Riley kurz die Hand, wobei ich deutlich eine gewisse Rivalität zwischen den Beiden spürte. Dann wandte er sich mir zu.

„Schön dich kennenzulernen", er streckte seinen Arm nach vorne.

Als ich ihm meine Hand hinhielt, schüttelte er sie jedoch nicht wie erwartet, sondern zog mich ein Stück heran und umarmte mich. Leicht überrascht löste ich mich aus der Umarmung. Ich trat einige Schritte zurück, verlor dabei kurz das Gleichgewicht und wäre fast in den Spalt zwischen Yacht und Steg gefallen.

Doch Tyler reagierte schnell und packte meinen Arm noch rechtzeitig: „Unsere Reise fängt doch erst an. Fürs Baden hast du später noch oft genug Gelegenheit."

„Bist du immer so stürmisch und forsch, wenn du neue Leute kennenlernst?", fragte ich ihn verwirrt.

„Naja, streng genommen kennen wir uns ja schon von gestern Abend. War, wie gesagt, sehr schön gewesen", antwortete Tyler und fing an verschmitzt zu lächeln, als er den geschockten Blick von Riley und seinem Onkel sah.

Er fuhr sich erneut durch die Haare: „Dürfte ich noch deinen Namen erfahren? Das hab' ich gestern ganz vergessen zu fragen."

„Jade", antwortete ich verlegen, „Jade Lane."

„Na dann, willkommen auf unserer Segelyacht Jade Lane."

Zum Abschluss des Tages trafen wir uns alle in Rileys Kabine, da sie die größte war. Chris und Gabriella waren inzwischen auch auf dem Schiff eingetroffen, sie hatten noch einige Dinge mit dem Hotel klären müssen. Außerdem hatten die Beiden unsere Koffer nachgebracht. Diese hatten Riley und ich übrigens nicht selbst gepackt. Wir wussten nicht einmal, was sich alles in ihnen befand. Die Koffer waren Teil der Ausrüstung, weshalb sich das Internat um sie gekümmert hatte. Im Hotel hatte ich bereits die Gelegenheit gehabt, einen Blick hineinzuwerfen. Zu meinem Erstaunen hatte ich festgestellt, dass sogar ein dunkelblaues Abendkleid unter den Kleidungsstücken war.

Beim Anblick des Kofferinhalts hatte ich mich automatisch gefragt, woher das Internat die ganze Kleidung hatte, rief mir aber schnell wieder in Erinnerung, über welche Ressourcen das College verfügte.

„Okay, morgen geht es richtig los. Wir sind uns sicher, dass ihr hier erfolgreich sein werdet. Haltet einfach die Augen offen. Ansonsten gute Nacht und viel Erfolg euch Beiden. Falls ihr ein Problem habt oder uns aus irgendeinem Grund erreichen müsst, ruft einfach an", unsere Betreuer drehten sich um.

„Ach so, Jade...es wäre sicherlich hilfreich, wenn du dich ein bisschen mit Tyler beschäftigen könntest. Er war nicht eingeplant, könnte aber nützlich sein."

Als sie gegangen waren, machte auch ich mich auf den Weg zu meinem Zimmer.

Doch bevor ich gehen konnte, wurde ich von Riley gestoppt: „Du musst dich ja nicht *zu* sehr mit ihm beschäftigen."

Ich drehte mich um: „Wieso? Hättest du etwas dagegen?"

„Es ist nur…ich mag ihn nicht besonders. Er ist irgendwie aufdringlich, angeberisch und arrogant", antwortete Riley.

„Dann sollte es ja eigentlich nicht schwer sein für *dich* Kontakt zu ihm aufzunehmen. Ihr habt schon mal einige Gemeinsamkeiten", erwiderte ich und verließ den Raum.

Oben an Deck hörte ich Chris und Gabriella, die sich von Tylers Onkel verabschiedeten. Er hielt die beiden für Freunde der Familie, welche dafür sorgen sollen, dass Riley und ich gut auf der Yacht ankommen. Damit war ihre Aufgabe jetzt erfüllt.

„Ihr könnt Jades Eltern ausrichten, dass sie und Riley in guten Händen sind. Es wird bestimmt ein unvergesslicher Urlaub."

„Das machen wir, vielen Dank nochmal."

Da ich mich immer weiter von der Treppe und dem Deck entfernte, wurden die Stimmen zunehmend leiser und ich bekam den Rest des Gespräches nicht mehr mit.

Ich ging auf meine Kabine zu, doch ich dachte noch lange nicht daran zu schlafen. Schon morgen würden wir losfahren und ich kannte mich auf diesem Schiff überhaupt nicht aus.

Nachdem ich einige Stunden unruhig in meiner Kabine verbracht hatte, beschloss ich, dass es nun sicher genug sei, um meine kleine Erkundungstour zu starten. Ich schlich aus meiner Kabine und schloss geräuschlos die Holztür, nur um fünf Meter weiter sehr geräusch*voll* auf eine Plastikflasche zu treten, was verständlicherweise die vorherige Vorsicht überflüssig machte. Ich erreichte das Oberdeck, welches in das Schwarz der Nacht getaucht war.

Die Yacht war ca. 30 Meter lang und überwiegend weiß. Zusätzlich gab es überall Holzimitate, die man bei der aktuellen Beleuchtung jedoch nur schemenhaft erkennen konnte. Eine silberne Reling umkleidete das gesamte Deck. Dieses wurde in ein Ober- und ein Unterdeck unterteilt, wobei hauptsächlich das Oberdeck als Hauptdeck genutzt wurde. Dort befand sich das Steuerrad und eine Couch zum Sitzen. Ich sah zwar kein Beiboot, bemerkte jedoch zwei eng zusammengerollte Schlauchboote, welche sich im Notfall innerhalb von Sekunden aufblasen lassen würden und zudem sehr stabil waren. Ich hatte diese Art von Schlauchboot früher schon oft gesehen und kannte das Modell daher. Innen befanden sich die Kabinen von Jack, Tyler, Riley und mir. Die anderen Kabinen waren entweder frei oder wurden von Crewmitgliedern bewohnt, welche wir bis jetzt noch nicht kennengelernt hatten. Außer den Kabinen gab es eine große und nicht weniger luxuriöse Bordküche und zwei separate Bäder.

Ehrlich gesagt war ich wirklich beeindruckt von der Erscheinung und dem Luxus der Yacht. Auf einem schwarzen Marmortisch in der Bordküche zeichnete ich schnell einen Umriss des Schiffes und trug die wichtigsten Punkte in meine Übersicht ein.

Als ich fertig war, betrachtete ich mein Werk. Hätte ich es jemandem gezeigt, hätte wirklich niemand mein zeichnerisches Talent leugnen können. Schnell steckte ich mir die Zeichnung in meine Jackentasche. In meiner Kabine würde ich sie auf mein Tablet übertragen und den Zettel verbrennen.

Ich wollte mich gerade auf den Weg machen und die Küche verlassen, als ich Schritte hörte. Was, wenn es Jack oder Tyler waren? Wie sollte ich meinen Nachtspaziergang erklären? Ich durfte nicht riskieren, dass meine Deckung aufflog. *Irgendwie kam mir das bekannt vor.*

Schnell duckte ich mich und verschwand hinter dem schwarzen Marmorblock in der Mitte der Küche. Die Schritte wurden immer lauter und gleichzeitig begann mein Herz schneller zu schlagen. Ich blickte mich hektisch um und suchte nach einer Waffe, denn mir war nun ein neuer und höchst beunruhigender Gedanke gekommen. Was, wenn es *nicht* Jack war, sondern viel schlimmer, jemand Fremdes? Ein Pirat?

Mit einer schnellen und geschickten Bewegung bekam ich ein kleines Messer zu greifen. Dieses Manöver war riskant, da ich meine Deckung für einige Sekunden aufgeben musste, doch ich hatte keine andere Wahl. Ich wusste ja nicht, wer da auf mich zukam. Und ich wollte sicher nicht unbewaffnet aufgeben.

Wir hatten uns bei der Missionsvorbereitung auch mit Piraten beschäftigt und dies konnte genauso gut ein Überfall sein. Die klassische Piraterie war natürlich im

Laufe der letzten zwei Jahrhunderte deutlich zurückgedrängt worden, stellte aber in einigen Regionen bis heute ein ernstzunehmendes Risiko dar.

Die Schritte waren schon bedrohlich nah, als sie plötzlich verstummten. Die Stille machte mich noch misstrauischer. Vorsichtig versuchte ich um den schwarzen Marmorblock herumzuschauen.

Nichts.

Aber wenn die Person nicht mehr dort war und nicht weggelaufen war, dann...Zu spät.

Bevor ich den Gedanken beenden konnte, packte mich eine starke Hand von hinten und hielt mir den Mund zu. Ich konnte nicht schreien und wusste sofort, dass es sich um einen Mann handeln musste.

Unsanft wurde ich nach hinten gezerrt und versuchte mich krampfhaft aus dem Griff zu winden. Doch zu meiner Enttäuschung musste ich feststellen, dass es kein Amateur war. Er wusste genau, was er tat.

Ich schloss meine Hand fester um das Messer und machte mich bereit, es meinem Angreifer in den Bauch zu stechen, welcher meine Absicht jedoch erkannte und meinen Schlag abblockte. Das Messer wurde über den Küchenboden geschleudert und streifte dabei meinen Arm.

Ich wusste, dass er stärker war und ich nun keinerlei Waffe mehr besaß. Ich saß in der Falle. Verzweifelt versuchte ich mich erneut aus seinem Griff zu befreien und schaffte es tatsächlich, ihn zumindest etwas zu lockern, sodass ich mich nach hinten umdrehen konnte. Doch als ich dem Angreifer ins Gesicht sah, blieb mir vor Schreck der Atem weg.

Kapitel 11

Leere. Als ich dem Angreifer ins Gesicht sah, blickte ich in schwarze Leere. Es war schlimmer als alles, was ich mir in meinen Gedanken zuvor ausgemalt hatte. Ich sah mich wieder einem unbekannten Gegner gegenüber.

Er ließ mir keine Zeit, um meinen Schock zu verarbeiten. Mit vollem Schwung holte sein Arm aus und ich machte mich bereits auf den kommenden Schlag gefasst.

*

Schweißgebadet schreckte ich hoch. Meine Arme zitterten und mein Herz raste. Ich strich mir die feuchten Haarsträhnen aus dem Gesicht. Es dauerte ein paar Sekunden, bis ich verstand, was gerade passiert war. Ich sah neben mich und blickte auf meine Bettdecke. Ich befand mich in meinem Bett. Ein kurzer Blick auf meinen Wecker verriet mir, dass es vier Uhr morgens war. Ich hatte nur geträumt.

Obwohl der Vorfall am Pool schon länger her war und es gerade hier an Bord keinen Grund mehr gab darüber beunruhigt zu sein, wollten die Albträume nicht verschwinden.

Angestrengt versuchte ich mich zu erinnern, ab wann die Ereignisse nur noch in meinem Kopf stattgefunden hatten. Ich kletterte schwerfällig aus dem Bett und suchte nach meinen Notizen. Relativ schnell hatte ich die Zeichnung der Yacht auf meinem Tablet gefunden und langsam begannen sich meine Erinnerungen aus Traum und Realität wieder voneinander zu trennen. Ich hatte die Zeichnung nach meiner nächtlichen Bord-Tour angefertigt und war anschließend wieder in meine Kabine zurückgekehrt. Danach hatte ich sie auf das Tablet übertragen und den Zettel, wie geplant, verbrannt. Kurz darauf hatte ich mich schlafen gelegt. Kein mysteriöser Gegner also. Und auch keine Piraten. Das wäre in einem Hafen auch ziemlich ungewöhnlich gewesen, fiel mir jetzt auf.

Sorgfältig verstaute ich meine Unterlagen wieder in der Schublade. Danach kroch ich erschöpft in das kuschelige Bett zurück und schlief nur Minuten später ein.

Am nächsten Morgen begann endlich unsere Fahrt. Es war ein schöner Morgen und ich wurde durch die warmen Sonnenstrahlen geweckt, die durch ein kleines Fenster in meine Kabine fielen. Als ich diese verließ, begegnete ich Riley auf dem Gang.

„Hey, gut geschlafen?", fragte er gut gelaunt.

„Habe schon besser geschlafen. Muss wohl an der ungewohnten Umgebung liegen", verschlafen lächelte ich ihn an.

Wir liefen ein Stück schweigend nebeneinander. Kurz vor der Treppe blieb ich stehen.

„Riley, ich hab' mal eine Frage an dich."

Er stoppte ebenfalls.

Ich fuhr fort: „Hast du manchmal eigentlich Bedenken wegen unserem...Ausflug?"

Riley antwortete sofort: „Nein, du etwa? Wieso fragst du?"

„Ach, nur so. Gibt keinen bestimmten Grund. Vergiss die Frage einfach wieder."

Nach dem Frühstück an Deck wurden wir kurz der Crew vorgestellt. Sie war relativ übersichtlich und bestand aus dem Koch Marcus , zwei Stewards und einem Ingenieur. Nach der kurzen Vorstellung legten wir zügig ab.

Glücklicherweise hatte ich früher als Kind oft die Ferien auf einem Segelboot verbracht und damals sogar einen Segelschein gemacht, weshalb ich etwas an Deck helfen konnte. Dieser Schein hatte sich auch super als Alibi geeignet, als wir den „Urlaub" an Bord organisiert hatten. Jack hatten wir erzählt, dass ich mich schon immer für das Segeln und die See interessiert habe und mir meine Eltern den Urlaub deshalb zum Geburtstag geschenkt haben. Riley hatten wir als meinen besten Freund vorgestellt.

Das Steuern übernahm unser Kapitän Jack, welcher wieder seine schwarze Sonnenbrille und eine weiße Hose trug. Während er es sich am Steuer bequem gemacht hatte, lag ich auf dem Deck und hörte Musik. Der kühle Fahrtwind wehte mir angenehm ins Gesicht. Ich schaute nach links und sah Riley. Er lag auf dem Rücken und sah aufs Wasser. Rechts von mir lag Tyler und war damit beschäftigt, sich alle zwei Sekunden durch die Haare zu fahren.

Nach ungefähr einer halben Stunde stand Riley auf und holte sich etwas zu trinken. Als er aufgestanden war, ging er an Tyler vorbei, welcher nun ebenfalls auf dem Rücken lag.

„Du hast echt coole Haare Riley-Boy", bemerkte Tyler.

„Tja, ich denke, das ist nicht das Einzige, was uns unterscheidet", antwortete Riley scharf.

Jack fing an zu lachen: „Ganz ruhig ihr Beiden. Ich will keine Toten an Bord."

Jetzt musste auch Riley grinsen.

Später saßen wir alle hinter Jack auf den Polstern. Marcus hatte uns seine Spezial-Cocktails gemacht.

Plötzlich brach Tyler die Stille: „Onkelchen, hast du dich eigentlich schon mal zu einer leicht verrückt wirkenden Person hingezogen gefühlt?"

Während er sprach, fixierte er provokant mein Gesicht. Riley, welcher neben mir saß, verstand Tylers Anspielung sofort und verschränkte demonstrativ die Arme vor der Brust.

„Hingezogen? Ich habe zwei davon geheiratet. Das solltest du eigentlich am besten wissen, du kennst deine Tanten doch."

Gegen Abend legten wir an einem kleinen naturbelassenen Hafen an. Am Anfang der Mission würden wir zunächst versuchen Jacks und Tylers Vertrauen zu gewinnen. Daher würden die ersten Tage relativ unspektakulär verlaufen. Riley verabschiedete sich heute schon früh und ging auf seine Kabine. Nachdem auch alle anderen schlafen gegangen waren, beschloss ich nochmal aufzustehen. Diesmal hatte ich aber nicht vor, das Schiff zu erkunden, sondern wollte einfach einen kleinen Spaziergang machen.

Leise lief ich an den Kabinen vorbei und öffnete die geschlossene Luke zum Hauptdeck. Ich trug eine schwarze Jogginghose, meine schwarzen Vans und meine Jeansjacke, da es doch relativ kalt geworden war. Ich musste nur noch die silberne Leiter herunterklettern und schon stand ich auf dem Holzsteg. Er war schwach beleuchtet. Ich ging ihn ein Stück entlang. Die Sonne war schon fast untergegangen, nur noch ein schmaler dunkelroter Streifen erinnerte an sie und man konnte am Himmel bereits die vielen kleinen Sterne sehen. Die Wellen schlugen sanft und gleichmäßig gegen den Steg und in der Ferne erloschen nach und nach die Lichter in den Häusern. Für einige Minuten blieb ich reglos stehen und genoss die Stille.

Als ich mich auf den Rückweg machte, sah ich eine Person auf unserer Yacht. Ich ging näher heran, um sie erkennen zu können. Es war Tyler. Er saß vorne am Bug und spielte Gitarre. Da ich meinte zu erkennen, dass sich seine Lippen bewegten, ging ich davon aus, dass er auch leise dazu sang. Als ich das Instrument sah, schlug mein Herz schneller. Ich musste unwillkürlich an die vielen

Stunden denken, in denen ich zusammen mit Lauren gespielt und gesungen hatte.

Lauren. Ich schüttelte den Kopf und versuchte meine Gedanken abzulenken. Ich durfte nicht an sie denken. Ich musste mich zu 100 Prozent auf die Mission konzentrieren und konnte mir keine Fehler leisten.

Um diesem Vorhaben Nachdruck zu verleihen, lief ich zurück in Richtung Yacht, lehnte mich in sicherer Entfernung gegen einen Pfahl und hörte Tyler zu. Er war schließlich Teil der Mission.

Jetzt kam *ich* mir vor wie der Spion. Aber es war schön ihm zuzuhören, denn seine Stimme war tief und warm. Bevor er mich bemerkte, setzte ich meinen Rückweg zur Yacht fort. Doch kaum war ich fünf Meter gelaufen, spürte ich etwas Nasses auf meinem Kopf. Dann nochmal und nochmal. Ich sah nach oben und genau in diesem Augenblick fiel ein Regentropfen genau in mein Auge. Wie ein orientierungsloses Reh stolperte ich über den Steck und fiel dabei noch fast ins Wasser.

Schon wieder.

Und dann fing es auf einen Schlag an in Strömen zu schütten. Tyler war nicht mehr zu sehen, er muss sich und seine Gitarre rechtzeitig in Sicherheit gebracht haben. Ich war natürlich noch weit genug von der Yacht entfernt, um bei meinem Eintreffen komplett durchnässt zu sein.

Als ich endlich leicht angesäuert vor meiner Kabine angekommen war, verließ Riley gerade seine.

„Regnet es draußen?", fragte er mich leicht überrascht.

Ich verdrehte genervt die Augen: „Ne, ich wurde gerade getauft."

Dann ging ich in mein Zimmer und stieß die Tür zu.

Keine zwei Sekunden später klopfte es und Riley öffnete die Tür, ohne auf meine Reaktion zu warten: „Entspann dich, Jade. Du bist schließlich nicht aus Zucker. Ist doch alles gut."

„Von einem Zustand, den ich als *gut* bezeichnen würde, sind wir momentan sehr weit entfernt. Und jetzt würde ich mich gerne umziehen, also schließ bitte die Tür. Von außen."

Kapitel 12

Die ersten Tage verliefen für uns wie erwartet ziemlich unspektakulär. Das konnte man vom Rest der Welt nicht gerade behaupten. In den Nachrichten, die wir in den Häfen empfingen, wurde pausenlos von unzähligen Anschlägen überall auf der Welt berichtet.

Gerade wurde über einen Anschlag ganz in der Nähe meiner alten Heimat berichtet. Ein junger Mann hatte mit einer Pistole um sich geschossen und dabei dutzende Menschen getötet. Die meisten Opfer waren 15- bis 24-Jährige.

Einerseits machte es mich sauer. Wie konnte man sich als Mensch anmaßen das Recht zu besitzen, ein anderes Leben zu beenden? Jeden Tag versuchten beispielsweise Ärzte und Krankenpfleger das Leben von Menschen zu *retten* und setzten sich im Idealfall für jeden einzelnen Patienten ein. Und dann kommt *ein* Mensch und beendet einfach so das Leben von so *vielen* Menschen auf einen Schlag. Andererseits machte es mich traurig. Mir taten die Opfer und Angehörigen unglaublich leid. Trotzdem hatte ich keine richtige Angst. All das führte nur dazu, dass ich täglich dankbarer war für jeden Tag, an dem ich leben durfte. Ich konnte den Tod nicht besiegen, und das wusste ich. Und alles, was ich tun konnte, war ein Gegengewicht zu den Terroristen und Attentätern zu setzen, um ein Gleichgewicht herzustellen.

Anderen Menschen mit Respekt, Nächstenliebe und Freundlichkeit zu begegnen.

Riley und ich lebten uns gut an Bord ein. Wir genossen den Luxus und die traumhafte Aussicht. Wenn ich mich nicht immer wieder an meine eigentliche Aufgabe erinnert hätte, hätte ich glatt vergessen können, warum ich überhaupt an Bord war. Aber das fasste ich als gutes Zeichen auf. Wenn die Reise mir selbst wie ein Urlaub vorkam, war es wahrscheinlicher, dass ich auch Jack und die Crew davon überzeugen konnte.

Obwohl ich mich zu Beginn unauffällig verhalten wollte, versuchte ich dennoch hin und wieder mit Tyler alleine zu reden. Ich hoffte, dass ich vielleicht ein paar Informationen von ihm erfahren könnte. Doch obwohl die Yacht relativ groß war, hatte man fast nie seine Ruhe. Jedes Mal kam etwas oder jemand dazwischen. Aber nach ein paar Tagen, sollte sich endlich mal eine Gelegenheit bieten.

Es war Mittag, als wir an einem Hafen anlegten. Er lag, wie alle Häfen, die wir ansteuerten, etwas abseits der gängigen Touristenrouten. Jack bezeichnete diese Route stets als seinen „Geheimtipp". Der Tag war zwar noch jung, das nächste Ziel aber wohl noch sehr weit entfernt und Jack wollte nicht bei Dunkelheit fahren. Deshalb legten wir schon jetzt an.

Nur Minuten nachdem wir angelegt hatten, kamen zwei Männer in Uniform auf unsere Yacht zu.

Ich sah mich um.

Die luxuriöse Yacht stach zwischen den kleinen Fischerbooten extrem hervor. Jack hatte die beiden Männer ebenfalls bemerkt und lief ihnen entgegen. Er begrüßte die beiden Hafenpolizisten auf indonesisch. Dann führte er die Unterhaltung in Englisch fort.

„Gibt es ein Problem?", fragte er direkt.

„Das hängt ganz von Ihnen ab. Was genau machen Sie in diesem Hafen?", fragte der ältere der beiden Polizisten.

„Ich bin mit meinem Neffen und zwei Studenten unterwegs. Wir machen einen Segelurlaub. Ich bin seit Jahren ein Gast ihres Dorfes, fragen sie ruhig bei Baik nach."

In diesem Moment wurde mir klar, warum Jack zugestimmt hatte, dass Riley und ich den Segelurlaub an Bord hatten machen dürfen. Es hatte mich von Anfang an gewundert. Falls Jack wirklich etwas mit dem Verschwinden der Akte zu tun hatte, waren zwei neugierige Gäste das Letzte, was er gebrauchen konnte. Aber er nutzte unsere Anwesenheit als Tarnung. Wir waren Teil seiner Coverstory. Wer würde vermuten, dass ein Urlaubsboot mit drei jungen Leuten in einen Diebstahl verwickelt ist?

Der Polizist war noch nicht überzeugt: „Das freut mich. Aber es beantwortet meine Frage nicht. Warum genau sind Sie *hier*?"

Er warf einen kritischen Blick auf das teure Schiff. Vielleicht vermutete er Drogenschmuggel. Indonesien zählte weltweit schließlich zu den Ländern mit den strengsten Drogengesetzen. Vergehen gegen das Betäubungsmittelgesetz wurden schon bei kleinsten Mengen und jeder Art von Drogen hart bestraft.

Wenn man so eine teure Yacht besaß, gab es zwei Möglichkeiten. Entweder man hatte reich geerbt oder man war in illegale Geschäfte verwickelt. Jack würde ich beides zutrauen.

Der Polizist anscheinend auch.

Jack kam daher nicht um eine Erklärung herum.

„Wir würden hier gerne eine Dschungeltour machen", sagte er schließlich.

Der Polizist war mit dieser Antwort zufrieden und die beiden Männer verschwanden.

„Wir machen bitte was?!", dachte ich laut.

Ich war nicht unbedingt begeistert von Jacks Idee, aber mir blieb nichts anderes übrig, als mitzuspielen. Nur eine Stunde später befand ich mich fertig angezogen vor meiner Kabine. Ich hatte mich nach einigem Hin- und Her für eine lange Cargohose aus dünnem Stoff entschieden. Sie war olivfarben und hatte mehrere Taschen. Oben trug ich ein weißes Top aus einer Mischung aus Polyester und Baumwolle. Ich wusste, dass es aufgrund der hohen Luftfeuchtigkeit, welche in diesem Teil Indonesiens fast 90% betrug, sehr schwül werden konnte. Anfangs wollte ich eine kurze Hose anziehen, entschied mich dann aber doch um. Eine lange Hose war einfach ein besserer Schutz vor Mücken und Ästen. Außerdem war sie, genauso wie mein Oberteil, atmungsaktiv und leichttrocknend, falls es regnen sollte.

Zusammen mit Riley verließ ich die Yacht. Am Steg trafen wir auf Tyler, Jack und unseren Guide.

„Wir sind vollständig", stellte Jack fest und übergab dem Guide das Wort.

Dieser stellte sich uns in akzentfreiem Englisch vor: „Hallo, ich heiße Baik und bin ein alter Freund von eurem Kapitän. Ich werde eure Dschungeltour leiten."

Baik machte eine kurze Pause und blickte in die Runde: „Wenn es keine Fragen gibt, würde ich sagen, wir brechen auf."

Während wir in Richtung Dschungel liefen, hatte ich das erste Mal die Gelegenheit, einen Blick auf das Dorf zu werfen, welches wir durchquerten. Die Architektur war eindrucksvoll. Vor allem die Dächer der Häuser waren besonders, sie ähnelten Schiffsrümpfen und waren elegant geschwungen. Ich hatte so etwas noch nie gesehen. Auf dem Boden standen ab und zu Opfergaben für die Ahnen und in den Ecken verglommen Räucherstäbchen. Durch die offenen Türen konnte man immer wieder einen Blick in das Hausinnere erhaschen. An den Wänden hingen verstaubte Schattenspielpuppen und Masken. Obwohl alles mit einer Mischung aus Staub und Dreck bedeckt war, konnte man die schillernden Farben darunter erahnen.

Inzwischen hatten wir das Dorf fast hinter uns gelassen. Der Regenwald umschlang mit seinen blattgrünen

Armen bereits die ersten Häuser. Ein paar Meter später, tauchten wir dann ganz in die Natur ein und ließen das Dorf endgültig zurück.

Baik lief voraus, ihm folgten Jack, Riley und ich. Tyler bildete den Abschluss unserer Gruppe und sollte sicherstellen, dass niemand verloren ging. Es lag ganz in meinem Interesse, dass ich etwas Abstand von Jack hatte und direkt vor Tyler lief. Ich hoffte, dass ich ihn endlich ein bisschen zu seinem Onkel ausfragen konnte. Natürlich ohne zu inquisitiv zu sein. Eigentlich sollte es ja nicht so schwer sein. Es war schließlich nicht so, dass ich unzählige Details benötigte. Mich interessierte natürlich, was genau Jacks Rolle in der Angelegenheit war. Aber im Grunde zählte eigentlich nur eines: Die Frage, wo sich die Akte befand und wie ich sie bekommen könnte. Anders formuliert, gab es zwei Fragen, die mich momentan interessierten. Einmal, an wen die Akte weitergegeben werden sollte und zweitens, wo das passieren würde – *vorausgesetzt Jack hatte sie überhaupt.*

Der Dschungel um uns herum wurde immer dichter. Die üppigen Baumkronen verdeckten die Sonne, sodass sie nur gelegentlich zwischen den Blättern hervorblitzte. Dadurch war es noch verhältnismäßig kühl, wobei ich schon anfing leicht zu schwitzen. Immer wieder musste ich über umgefallene Baumstämme steigen und unter dicken Ästen hindurchtauchen. Ein paar Mal hätte ich mir um ein Haar den Kopf angestoßen, wenn Riley mich nicht gewarnt hätte.

Ich sah, dass er sich mit Jack unterhielt, doch ich konnte nicht ausmachen, worüber sie redeten.

Die Atmosphäre des Regenwaldes war friedlich und beruhigend, doch keineswegs still. Entfernt plätscherte das Wasser der Flüsse und man konnte Vogelgezwitscher sowie Affenlaute hören. Wobei ich, um ehrlich zu sein, Schwierigkeiten hatte beides voneinander zu unterscheiden.

„Wusstest du, dass Insekten den Großteil der Tiere des Regenwaldes ausmachen?", begann Tyler das Gespräch.

„Sowas in der Art habe ich mir schon gedacht", antwortete ich ihm, während ich eine Raupe von meinem Arm entfernte.

„Du klingt nicht unbedingt begeistert", stellte er fest.

„Ich weiß nicht genau, wie ich es formulieren soll, Tyler. Aber ich bin nicht unbedingt der...Camper-Typ."

Tyler fing an zu lachen.

Ich warf ihm einen bösen Blick zu: „Schön, dass wenigstens du dich amüsierst."

Kurz danach erreichten wir einen Fluss, welcher sich zwischen den Bäumen hindurchschlängelte. Ein besonders großer, umgefallener Baumstamm bildete den Weg zur anderen Flussseite.

„Und jetzt?" fragte Riley.

Anstatt zu antworten, setzte Baik den ersten Schritt auf den Baumstamm und begann behutsam den Fluss zu überqueren. Auf halbem Weg, drehte er sich gekonnt um.

„Das Wichtigste, an das ihr denken müsst, ist euer Gleichgewicht."

Damit drehte er sich wieder um und wies uns mit einer Geste an, ihm zu folgen.

Ich fühlte mich wie in *Dirty Dancing*. Nur ohne das Lied *"Hey! Baby"* im Hintergrund.

Und ohne Johnny.

Jack war bereits ebenfalls auf der anderen Seite angekommen, als mir ein Regentropfen ins Gesicht fiel. Riley stieg vorsichtig auf den Stamm. Es begann langsam zu nieseln. Konzentriert setzte er einen Fuß vor den anderen. Etwa in der Mitte kam er kurzzeitig ins Schwanken, fing sich aber schnell wieder. Ich machte mich hinter ihm auch langsam bereit. Als Riley erleichtert auf der anderen Seite angekommen war, hatte ich bereits die ersten Meter geschafft. Der Stamm war stabil und es war eigentlich kein Problem, ihn zu überqueren. Vorausgesetzt man war vorsichtig. Ohne Zwischenfälle gelangte ich auf die gegenüberliegende Seite.

„Sehr elegant, Miss Lane", scherzte Riley.

Ich verbeugte mich demonstrativ. Tyler war noch immer auf der anderen Seite, weil er sich die Schuhe binden musste.

„Geht ruhig schon mal vor. Ich komme gleich nach", rief er hinüber.

Die anderen setzten sich langsam in Bewegung, während ich zögernd stehen blieb.

„Ich warte auf Tyler. Wir holen euch wieder ein."

Baik und Jack nickten.

Als die anderen einige Meter entfernt waren, war Tyler bereits bei mir angekommen.

„Danke fürs Warten", grinste er gut gelaunt.

„Kein Problem."

Der Abstand zu dem Rest der Gruppe kam mir gelegen. Sie waren weit genug entfernt, um uns nicht mehr hören zu können. Vor allem nicht bei den Umgebungsgeräuschen. Ich nutzte die einmalige Chance: „Es scheint so, als würde dein Onkel sich hier gut auskennen."

„Ja. Ich weiß, dass er schon oft in diesem Dorf war. Baik hat ihn schon ein paar Mal eingeladen. Die Beiden waren wohl mal Geschäftspartner oder sowas."

„Und du? Warst du schon mal hier?", fragte ich Tyler.

„Als Kind. Aber daran kann ich mich nicht mehr wirklich erinnern."

„Die Reiseroute, die Jack ausgesucht hat, ist ungewöhnlich. Man trifft kaum Touristen", merkte ich an, während ich über ein paar große Äste stieg.

„Ja, das stimmt. Aber ziemlich schön, du wirst noch sehen. Auf unserer heutigen Route gibt es zum Beispiel einen mega Aussichtspunkt. Das ist eine der wenigen Sachen, die mir von damals noch im Gedächtnis geblieben sind."

„Es ist für Jack bestimmt auch schön, ein paar alte Bekannte wie Baik zu treffen, oder?"

„Ja, klar", bestätigte Tyler.

„Weißt du, ob dein Onkel noch andere Freunde treffen wollte?", fragte ich vorsichtig.

Ich brauchte Namen.

„Er bespricht nicht viel mit mir, wenn ich ehrlich bin. Es gibt einen Namen, den er ein paar Mal erwähnt hat. Einen Nachnamen. Irgendwas mit S. Aber ich glaube nicht, dass es ein Freund ist. Schließlich redet man die meistens mit dem Vornamen an."

Ich konnte nicht direkt auf Tylers Antwort eingehen, weil ich in einen Schwarm Insekten gelaufen war. Ich versuchte die Fliegen mit meinen Armen zu verscheuchen und lief schnell ein paar Meter weiter.

Tyler durchquerte den Schwarm unbeeindruckt und begann mich auszulachen: „Jetzt verstehe ich, warum du kein Camper-Typ bist."

Langsam schlossen wir zu dem Rest der Gruppe auf. Riley war bereits in Hörweite. Er hatte sich bei Tylers Lachen zu uns umgedreht.

Schnell wollte ich eine letzte Frage loswerden: „Weißt du zufällig, was das Ziel unserer Reise ist? Gibt es einen besonderen Hafen?"

„Nein, das weiß ich leider nicht. Die Namen sind aber auch ziemlich kompliziert, Jade."

Damit ließ ich ihn in Ruhe. Ich wechselte das Thema und wir unterhielten uns gerade über unsere Lieblingsbands, als wir die anderen eingeholt hatten. Die Infos, die ich von Tyler erhalten hatte, waren nicht besonders vielversprechend. Zumindest wusste ich jetzt, dass ich von ihm zum jetzigen Zeitpunkt keine weiteren Antworten auf meine Fragen zu erwarten hatte.

Entweder, weil er nicht mehr wusste. Oder weil er mir nicht mehr sagen wollte. Mein Gefühl sagte mir, dass er die Wahrheit sagte. Aber wie aussagekräftig war meine Einschätzung diesbezüglich schon? Ich kannte ihn ja erst ein paar Tage und konnte ihn überhaupt nicht einschätzen.

„Gefällt es euch?", fragte Baik in die Runde.

„Ja, der Regenwald ist wirklich beeindruckend", gab Riley zurück.

Baik freute sich über Rileys faszinierten Blick: „Das Beste kommt aber noch. Wir müssen nur noch eine Brücke überqueren, dann sind wir dort."

Eine Brücke.

Wenigstens kein Baumstamm mehr. Das waren doch gute Aussichten.

Die Baumkrone war in diesem Teil des Regenwaldes nicht mehr so dicht, wie am Anfang. Das machte den Weg deutlich anstrengender, weil der angenehme Schatten ausblieb. Auf meiner Stirn bildeten sich bereits ein paar Schweißperlen. Das feuchte Tropenklima war deutlich zu spüren.

Trotzdem genoss ich den Ausflug. Der Regenwald war wirklich beeindruckend. Selten hatte ich solch eine Vielfalt an Flora und Fauna an einem einzigen Ort gesehen, sogar ein paar Affen haben wir beobachten können. Zwischen die anderen Geräusche des Regenwaldes, mischte sich ein zunehmend lauter werdendes Geräusch. Wasser. Wir näherten uns einem großen Fluss.

Als wir an der Brücke angekommen waren, verstand ich, warum diesmal kein Baumstamm ausreichte. Etwa 10 Meter unter der Bambusbrücke, befand sich ein reißender Strom. Die Wassermassen schossen mit hohen Geschwindigkeiten unter der Brücke hindurch. Die Brücke selbst bestand aus verwitterten Bambusstangen, links und rechts befand sich ein dünnes Seil, an dem man sich festhalten konnte.

Vertrauenswürdig sah anders aus.

„Will Jack uns umbringen?", fragte ich Riley leise und drehte mich künstlich lächelnd zu Jack um.

„Die Brücke ist stabiler, als sie aussieht. Ich gehe wieder vor, dann könnt ihr euch selbst davon überzeugen", beruhigte uns Baik, als hätte er meine Gedanken gelesen.

Wobei das nicht nötig war, er konnte die Brücke schließlich sehen.

Die Brücke knarrte, als er sie betrat. Jack war dicht hinter ihm und auch Riley griff bereits nach den Halteseilen. Die Brücke fing an leicht zu schwingen.

Jetzt war ich an der Reihe. Baik und Jack kamen gerade sicher auf der anderen Seite an. Es war besser, wenn wir nicht alle gleichzeitig auf der Brücke waren. Wer weiß, wie viel Gewicht sie aushielt. Ich musste eine Stufe hochsteigen, um auf die Brücke zu gelangen. Da die Bambusstangen durch den Regen noch etwas feucht waren und durch die Schuhe der anderen drei mit Schlamm bedeckt worden waren, war es eine rutschige Angelegenheit und ich musste mich an den Seilen hochziehen.

Tyler merkte, dass ich leichte Schwierigkeiten hatte und packte mich an der Hüfte, um mich hochzuheben. Mit einem Satz war ich oben angelangt.

Ich schob seine Hände zur Seite: „Danke, aber das hätte ich auch alleine geschafft."

„Wie du meinst", Tyler zuckte mit den Schultern.

Mit einem Schwung war er neben mir angekommen und drückte sich langsam an mir vorbei, sodass wir für ein paar Sekunden direkt voreinander standen.

„Ein *Danke*, hätte gereicht."

Mit seinem frechen Grinsen lief er an mir vorbei.

Während ich die Bambusstangen entlanglief, sah ich größtenteils nach unten, um nicht auszurutschen. Zwischendrin warf ich einen Blick nach vorne. Die Bäume wirkten von dieser Position aus, wie eine riesige grüne Wand, auf die wir zuliefen. Wir waren in der Mitte der Brücke angekommen, als ein Windstoß, sie erneut ins Wanken brachte. Tyler und ich stoppten beide und warteten einen Moment ab. Dann liefen wir weiter. Ich war nur wenige Schritte hinter Tyler.

Plötzlich merkte ich, wie er ins Rutschen kam. Er verlor das Gleichgewicht und ich realisierte, dass er sich an keinem der beiden Seile festhielt. Schnell lief ich auf ihn zu, ohne die Halteseile loszulassen. Währenddessen kämpfte er mit seiner Balance. Auf der anderen Seite rief Jack aufgewühlt nach seinem Neffen, doch er war zu weit weg, um etwas tun zu können. Kurz bevor ich neben Tyler angekommen war, rutschte er endgültig aus, glitt unter dem Seil hindurch und bewegte sich in Richtung der tosenden Wassermassen.

Gerade noch rechtzeitig packte ich seinen Unterarm. Er erwiderte den Griff und umschloss meinen Arm ebenfalls. Langsam zog ich ihn wieder in die Mitte der Brücke.

Tyler war der Erste, der etwas sagte: „Das war…knapp. Ein Glück für mich, dass du deutlich mehr Kraft hast, als man dir zutrauen würde."

„Ich bin mir nicht sicher, ob das ein Kompliment oder eine Beleidigung ist", sagte ich schwer atmend.

„Was wäre dir denn lieber?", fragte Tyler scheinbar ahnungslos darüber, wie ernst die Situation eben gewesen war.

„Am liebsten wäre es mir, wenn du diese Brücke lebend überqueren würdest. Also halt dich ab jetzt bitte an den Seilen fest."

Mit diesen Worten lief ich an ihm vorbei.

Tyler folgte meinem Rat ohne Protest und ein paar Minuten später standen wir alle wohlauf auf der anderen Flussseite. Jack warf seinem Neffen noch einen mahnenden Blick zu, dann liefen wir weiter. Es dauerte nicht mehr lange, bis wir an unserem Tagesziel angelangt waren.

Die Bäume lichteten sich und gaben die unbehinderte Sicht frei. Tyler hatte nicht übertrieben. Die Aussicht war wirklich atemberaubend. Durch unsere hohe Lage, konnte man tief ins Tal blicken. Die terrassenförmigen Reisfelder wurden von den goldenen Sonnenstrahlen beleuchtet und schimmerten in den unterschiedlichsten Grüntönen. Die Nachmittagssonne stand bereits auf halber Höhe. Links und rechts wurden die Felder von Palmen begrenzt und dahinter begann schon der Regenwald, der im Vergleich zu den beleuchteten Reisfeldern, dunkelgrün wirkte. Sogar einen Wasserfall konnte man in der Ferne erkennen. Das Wasser glitzerte im Sonnenlicht.

Ich lief ein paar Schritte nach vorne und schloss die Augen. Die warmen Sonnenstrahlen wärmten mein Gesicht und ein leichter Wind wehte durch meine Haare. Ein Gefühl der Freiheit überkam mich.

Plötzlich merkte ich, dass sich jemand neben mich gestellt hatte. Ich öffnete die Augen wieder und drehte meinen Kopf zur Seite.

Baik stand neben mir.

Als ich ihn ansah, zog er kaum merklich die Augenbrauen hoch.

„Ist etwas?", fragte ich ihn verwirrt.

„Deine Augen. Bis jetzt ist mir noch gar nicht aufgefallen, dass sie zwei unterschiedliche Farben haben."

„Es fällt im Sonnenlicht besonders auf", ich lächelte ihn freundlich an.

Wir unterhielten uns noch ein bisschen über die Reis-felder und den Regenwald. Ich war so in das Gespräch vertieft, dass ich nicht bemerkte, wie sich der Himmel zuzog.

Plötzlich spürte ich einen Tropfen auf meiner Wange. Dann noch einen. Und noch einen. Es fing an zu regnen. Nur eine Minute später, schüttete es in Strömen. Wir machten uns zügig auf den Rückweg. Doch schon nach wenigen Minuten war ich völlig durchnässt. Durch den schlammigen Untergrund wurden wir ausgebremst und mussten vor allem bei der Brücke langsam und vorsich-tig laufen. Der Donner hallte durch die Luft und die Blitze erleuchteten unseren Weg.

Trotz der Widrigkeiten kamen wir gut voran und freu-ten uns bereits auf unsere trockenen Sachen, ohne zu ah-nen, dass dies unser letzter Tag mit Riley sein sollte.

*

Ich umarmte Riley. Keiner von uns beiden sagte etwas. Obwohl wir fast eine Minute lang so verharrten, sagte ich nichts, weil es nichts gab, was ich hätte sagen kön-nen, um zu helfen.

Ich löste meine Arme wieder und Riley verließ die Yacht.

Er hatte gestern Abend nach der Rückkehr von unse-rer Regenwald-Tour beschlossen, die Mission frühzeitig zu beenden, da es einen weiteren Anschlag gegeben hatte und sein Vater dabei ums Leben gekommen war.

Der eigene Tod war nicht für einen Menschen persönlich so schwer, sondern für die Hinterbliebenen. Riley machte diese Tatsache unmissverständlich deutlich.

Es war klar, dass er unmöglich weiterarbeiten konnte. Sein Ersatz würde zeitnah eintreffen. Am Abend hatte es ziemlich gestürmt und wir mussten ohnehin eine Pause einlegen, um das Schiff aufzuräumen.

Ich fand es ehrlich gesagt ziemlich schade, dass Riley uns verließ, da er gerade begonnen hatte, etwas aufzutauen. Aber gleichzeitig war ich auch diejenige gewesen, die ihn in einem Gespräch in seinem Entschluss aufzuhören, bekräftigt hatte. Ich hielt es für keine gute Idee, ihn weiter hier zu behalten.

Was Rileys Abreise betraf, so erzählten wir der Crew die Wahrheit. Sein emotionaler Zustand war ohnehin nicht zu leugnen. Was das geplante Eintreffen des Ersatzes betraf, so mussten wir die Wahrheit etwas „modifizieren". Wir sagten einfach, dass meine Eltern mich ungern mit lauter Fremden auf eine solche Reise schicken würden und dass deshalb ein anderer Freund nachkommen würde, damit ich nicht alleine sei.

Als der Ersatz einen Tag darauf am späten Nachmittag eintraf, setzte ich langsam meine Sonnenbrille ab und blickte nach oben: „Das glaube ich jetzt nicht. Das ist NICHT ihr Ernst! Du?"

Kapitel 13

Aaron lächelte mich triumphierend an: „Ich wusste, dass du dich freust."

Tyler erschien auf dem Deck und setzte sich neben mich.

„Belästigt dich der Typ etwa?", fragte er mich.

„Die Frage ist eher, ob er *dich* in den nächsten Wochen belästigen wird. Du bist ja schon mit Riley super ausgekommen und ich sage dir, Aaron ist um einiges schlimmer."

Tyler sah mich verwirrt an: „Ich dachte, das ist ein Freund von dir?"

Ich ärgerte mich über meine unüberlegte Äußerung.

„Ja, schon", ich stoppte kurz, „das heißt - wir waren mal Freunde. Mit sieben vielleicht. Meine Eltern denken immer noch, dass wir uns so gut wie früher verstehen und dachten wohl, sie tun mir einen Gefallen damit."

Ich wies überzeugend genervt in Aarons Richtung. Tyler schien die Antwort für plausibel zu halten und fragte nicht weiter nach.

Auch wenn ich nicht besonders begeistert von Aarons Anwesenheit war, musste ich das Beste daraus machen. Im Grunde könnte er eine echte Unterstützung sein. Eine Unterstützung, die ich auch irgendwie brauchte, da Riley und ich bis jetzt noch kein Stück weiter in unserem Auftrag gekommen waren.

Doch noch am gleichen Abend belauschte ich zufällig ein Telefongespräch von Jack. Ich wollte gerade in die Bordküche einbiegen, als ich Schritte hörte und mich in der kleinen Kammer vor der Küche versteckte. Gerade noch rechtzeitig schlüpfte ich durch den kleinen Spalt bevor jemand die Küche mit festen Schritten betrat. Durch die noch leicht geöffnete Tür erkannte ich Jack, welcher aufgeregt mit jemandem telefonierte, immer darauf bedacht keinen allzu großen Lärm zu verursachen. Ich hielt die Luft an und hoffte, dass ich nichts umstieß, was mich verraten würde.

„Ja, ich weiß, wie wichtig sie ist. Wir werden in drei Wochen dort ankommen und sie Jared übergeben. Ja, natürlich...das ist mir bewusst. Du solltest mich aber nicht mehr anrufen. Schließlich haben wir momentan zwei Gäste an Bord. Wenn du verstehst, was ich meine", Jack legte auf und verließ nach drei flüchtigen Blicken durch die Küche den Raum.

Erst nachdem seine Schritte langsam verhallten, öffnete ich die Tür und kam aus der Kammer hervor.

Ich wusste, dass ich mich jetzt nicht mehr ablenken lassen durfte und die Mission langsam ernst wurde. Jack war also offensichtlich tatsächlich in die Sache verwickelt. Ob Tyler und die restliche Crew beteiligt waren, konnte ich nicht sagen. Zum jetzigen Zeitpunkt musste ich davon ausgehen, dass Jack die Akte hatte und sie in drei Wochen bei unserem Landgang an einen Jared übergeben würde.

Ich schrieb die neuen Informationen auf mein kleines Tablet und fügte außerdem den heutigen Tag dazu. Das Board war doppelt passwortgesichert und kompliziert verschlüsselt. Es wäre natürlich noch besser, überhaupt nichts aufzuschreiben, weil jede Notiz ein Risiko darstellte und meine Tarnung gefährdete. Aber ich konnte mich nicht dazu durchringen. Zu groß war die Sorge, die wichtigen Details zu vergessen oder etwas zu übersehen. Es half mir, die Notizen von Zeit zu Zeit nochmal in Ruhe durchzugehen, um die Situation zu verstehen. Ich konnte mir trotzdem nicht ganz erklären, was hier vor sich ging. Die Akte wurde aus unserer Schule gestohlen, wahrscheinlich von Jack, um sie an jemand Drittes weiterzugeben. Erste Frage: Was genau stand in der Akte? Zweite Frage: Was für ein Interesse hatte Jack daran, sie zu stehlen? Dritte Frage: Was war das größere Ziel? Was würde dieser ominöse Jared mit der Akte machen?

Ich beschloss Aaron vorläufig nichts davon zu erzählen. Er würde sich erstmal beweisen müssen, bevor ich ihm genug vertraute, um ihn einzuweihen. Auch wenn ich wusste, dass ich unser Vorankommen damit möglicherweise behinderte.

Ich erfuhr durch weitere Nachforschungen, dass es sich um Jared *Stone* handelte, welcher die Akte bekommen sollte. *Stone* muss der Nachname mit „*S*" gewesen sein, den Tyler gehört hatte. Die Übergabe an diesen Jared war meine große Chance.

Ich hätte unser Internat benachrichtigen können, doch es war möglich, dass Jack meinen Anruf abgefangen hätte. Wobei dies, zugegebenermaßen, eher die offizielle Ausrede war. Ich hatte kein großes Interesse daran, die Schule zu informieren, nachdem ich hier quasi mein Leben riskierte und nicht einmal richtig informiert wurde. Denn ich war mir sicher, dass Mister Scout zumindest die Antworten auf ein paar meiner Fragen kannte.

Abgesehen von dem Telefonat gab es nichts Neues. Ich wusste, dass es besser war, mich unauffällig zu verhalten, um nicht verdächtig zu wirken. Die nächsten Tage verliefen also ruhig und ich konnte etwas entspannen.

Nur heute Morgen gab es einen seltsamen Vorfall. Wir saßen alle auf dem Deck und genossen das schöne Wetter. Plötzlich sprang Jack auf und wurde total hektisch. Er nahm seine Sonnenbrille, warf sie auf den Boden und zertrat sie. Wir sahen uns verwirrt an. Danach war er wieder gefasst wie immer und behauptete eine Spinne gesehen zu haben. Meiner Meinung nach, die schlechteste Ausrede aller Zeiten, aber zumindest Aaron und Tyler glaubten ihm, was mich abermals an dem Verstand des männlichen Geschlechts zweifeln ließ. *Ich* wusste, warum Jack so reagiert hatte. Also zumindest war ich mir ziemlich sicher, dass ich den Grund kannte.

Als er die Brille zertreten hatte, hatte ich ein kleines rotes Licht an einem der Brillenbügel gesehen. Es muss der Grund für seine Reaktion gewesen sein. Anhand

Jacks Reaktion konnte ich ableiten, dass er dieses Licht als Bedrohung einstufte. Es war dasselbe Licht, das sich auf meinem Sportabzeichen befunden hatte. Es stand mit dem Internat in Verbindung und obwohl Jack, abgesehen von der gestohlenen Akte, meines Wissens nach absolut gar nichts mit dem Internat zu tun hatte, befand sich dieses Licht in seiner Brille.

Als mir die unmittelbare Konsequenz dieser Feststellung klar wurde, musste ich betroffen schlucken, da mir allmählich das Ausmaß der ganzen Sache bewusst wurde.

Ab sofort scannte ich meine Umgebung noch sorgfältiger und suchte verstärkt nach roten Lichtern. Wir lagen seit einigen Tagen in einem Hafen und ich war alleine mit Jack und Aaron auf der Yacht, da Tyler seit unserer Ankunft spurlos in der Stadt verschwunden war, was mich natürlich sofort misstrauisch machte.

„Suchst du etwas?"

Überrascht schreckte ich auf. Jack stand direkt vor mir.

„Mir ist in den letzten Tagen schon öfter aufgefallen, dass du dich hier herumtreibst", er musterte mich misstrauisch.

„Ja...das stimmt", antwortete ich verlegen.

Ich versuchte Zeit zu gewinnen. Mir musste jetzt schnell eine *wirklich* gute Ausrede für mein Verhalten einfallen. Hinter Jack betrat plötzlich Tyler das Deck. Sofort kam mir eine rettende Idee.

Ich folgte Tyler mit meinem Blick und sah ihn mit großen Augen an. Jack folgte, wie erwartet, meinem Blick und lächelte.

„Also ich wollte...ich wollte nur nach... also schauen ob.. ähm Tyler da ist. Er...war ja nicht da in den letzten Tagen und..", ich lief rot an.

Ich hätte nicht gedacht, dass diese lästige Eigenschaft mal nützlich sein könnte.

„Alles klar. Ich verstehe schon. Mein Neffe hat eine...sagen wir besondere Wirkung auf junge Frauen. Du solltest aber aufpassen. Er spielt gerne ein falsches Spiel", Jack entfernte sich langsam.

„Da kommt er ja ganz nach dem Onkel", dachte ich leise.

Und wie, als hätte er meine Gedanken gehört, drehte sich Jack nochmal um und sah mich direkt an. Es war ein durchdringender Blick. Es war ein unheimlicher Blick. Der nette und charmante Kapitän war völlig verschwunden und stattdessen hatte ich das Gefühl, ich sah in die Augen eines Killers.

Kapitel 14

Heute Morgen hatte ich endlich wieder Netz und konnte meine Freizeit nutzen, um einige Anrufe zu tätigen. Als wir in einem Hafen anlegten, verließ ich das Schiff unter dem Vorwand Souvenirs kaufen zu wollen.

Als ich in sicherer Entfernung war, rief ich meine Kontaktperson in der Schule an. An der anderen Leitung meldete sich Connor. Ich berichtete ihm von den Entwicklungen nach Rileys Abreise und auch von dem Telefongespräch von Jack, welches ich belauscht hatte. Ich hatte beschlossen, dass ich mit offenen Karten spielen musste.

Am Ende des Gesprächs wechselte Connor nochmal kurz das Thema: „Jade, das gehört zwar nicht offiziell zu dem Gespräch, aber Riley möchte dir noch etwas sagen."

Ich hörte, wie Connor den Hörer weitergab.

„Hey, Jade", meldete sich Riley, „ich wollte dir noch etwas mitteilen, denn ich denke, du solltest es erfahren." Gespannt hörte ich ihm zu.

„Der Anschlag, bei dem mein Vater getötet wurde. Es war ein Versehen", er machte erwartungsvoll eine Pause.

„Wie, der Anschlag war ein Versehen?", ich verstand nicht, worauf er hinauswollte.

„Nein, der Anschlag war kein Versehen und ist genauso tragisch wie vor meiner Abreise. Aber es war nicht mein Vater, der getötet wurde. Er wurde verwechselt. Er lebt also noch und ist wohl auf", erklärte Riley glücklich.

„Oh Riley, das sind ja tolle Nachrichten! Das freut mich unglaublich für dich!", ich war wirklich erleichtert.

„Das ist alles?", fragte er mich.

„Ja?", es war eher eine Frage als eine Antwort.

„Ich dachte, du bist vielleicht sauer, weil ich die Mission deshalb sozusagen sinnlos abgebrochen habe. Und du wegen diesem Versehen jetzt alleine mit den Verrückten auf der Yacht bist."

Ich musste lachen: „Ach, Quatsch. Das macht doch nichts. Ich hätte genauso gehandelt. Außerdem war ich doch die, die dich dazu ermutigt hat. Mach dir keine Sorgen, ich halte es auf einer Luxusyacht schon aus. Außerdem bin ich ja nicht alleine. Aaron ist da."

„Ich weiß. Deshalb ja", gab Riley zurück.

Wir mussten beide anfangen zu lachen.

Connor übernahm wieder den Hörer: „Was gibt es denn so Lustiges?"

Ich erklärte ihm, dass es nichts Wichtiges war und wir beendeten das Gespräch wenig später. Normalerweise durften wir während der Missionen keine Privatgespräche führen, doch angesichts der aktuellen Umstände und der plötzlichen Abreise von Riley, hatte die Schule beschlossen, dass ich ein kurzes Telefonat mit Lauren führen durfte. Natürlich war es schön endlich wieder ihre vertraute Stimme zu hören, doch der Hauptgrund für das Gespräch mit ihr, war eine Bitte meinerseits an sie. Wie erwartet stimmte sie sofort zu, ich bedankte mich überschwänglich bei ihr und das Gespräch war beendet.

*

Als wir im nächsten Hafen ankamen, erwartete ich schon sehnsüchtig das Paket. Ich lief in die Stadt zu einer kleinen Post, um es abzuholen. Ich hatte Lauren meine Koordinaten geschickt und sie hatte den nächsten Hafen auf unserer Reise ausfindig gemacht. So konnte sie das Paket hierherschicken. Weder die Schule, noch das Team an Bord und nicht einmal Aaron wussten davon.

Als ich die Tür zur alten Post öffnete, ertönte eine rostige Klingel und der ältere Herr hinterm Tresen drehte sich freundlich zu mir um. Wir wechselten ein paar kurze Worte, er händigte mir mein Paket aus und ich verließ den Laden wieder.

Während des gesamten Rückwegs zum Schiff fühlte ich mich beobachtet. Unauffällig sah ich in die Schaufenster der wenigen Geschäfte und versuchte so meine Umgebung zu beobachten. Zudem setzte ich eine Sonnenbrille auf, sodass meine Augen nicht sichtbar waren und ich unauffällig meine Umgebung scannen konnte. Es gab einen auffälligen jungen Mann mit Kapuzenmantel, viel zu warm für die Temperaturen. Ich beobachtete ihn in höchster Alarmbereitschaft und erhöhte meine Schrittgeschwindigkeit leicht. Doch er bog irgendwann in eine der Seitenstraßen ab und zeigte kein nennenswertes Interesse an mir. Meine Muskeln entspannten sich wieder etwas, doch meine Laufgeschwindigkeit blieb gleich.

Plötzlich sah ich eine Reflektion in einem der Fenster. Etwas Silbernes blinkte immer wieder zwischen parkenden Autos hervor. Ich tippte auf Metall, es könnte also ein Fernglas oder sowas gewesen sein. Ich wurde also ziemlich wahrscheinlich beobachtet. Da es aber weder einen Angriff, noch andere Beweise dafür gab, beschloss ich, es einfach zu ignorieren. Ein paar Mal holte ich mein Handy raus und nutzte meinen Bildschirm unauffällig als Rückspiegel. Aber es lohnte sich nicht der Sache nachzugehen - besonders nicht mit meinem Paket. Es hatte höchste Priorität, es unversehrt zum Schiff zu bringen. Und so lief ich so ruhig wie möglich zurück und sah noch ein letztes Mal ein silbernes Blinken, bevor ich auf der Yacht verschwand.

Als ich in meiner Kabine angekommen war, schloss ich als erstes die Tür ab. Dann stellte ich das Paket auf mein Bett und öffnete es. Meine Kabine hatte ich schon in den ersten Tagen auf Kameras, Wanzen und Mikrofone untersucht und danach regelmäßig Kontrollen durchgeführt. Zum Vorschein kam ein schwarzer Rucksack. Er war wasserdicht und somit perfekt für die Umgebung geeignet.

Er war leer relativ flach und unauffällig, konnte aber sehr viel Inhalt fassen. Zudem war er extrem leicht, damit man damit auch gut schwimmen konnte und er keinen unnötigen Widerstand darstellte.

Neben dem Rucksack gab es ein nagelneues Erste-Hilfe-Set, ein kleines Taschenmesser und natürlich - Sonnenmilch. Außerdem eine Taschenlampe, welche durch das Umlegen eines kleinen Schalters als Blender benutzt werden konnte. Sie verursachte dabei ein extrem helles Licht, sodass Angreifer für Sekunden geblendet waren. Zum Abschluss hatte mir Lauren noch ein stichfestes Handtuch und ein kleines schwarzes Gerät eingepackt. Es war ein Aqua-Atemgerät. Man konnte es zwischen die Zähne klemmen und so unter Wasser atmen.

Ich bedankte mich in Gedanken erneut bei Lauren und verstaute alle Gegenstände wieder im Rucksack. Den wiederrum versteckte ich unter meiner Matratze, was ich keine Sekunde zu früh tat, denn als ich mich umdrehte, war - wie aus dem Nichts - Jack in meinem Zimmer erschienen. Wie war er in mein Zimmer gekommen? Ich war mir sicher, dass ich abgeschlossen hatte. Ich mochte nicht, dass er sich so anschlich.

„Ich muss dein Klopfen wohl überhört haben", sagte ich bewusst provozierend und trotzdem unschuldig.

„So muss es wohl gewesen sein", antwortete Jack und lächelte mich mindestens genau unschuldig an, wobei mir das Funkeln in seinen Augen nicht entging.

Er behauptete, er wolle mir nur sagen, dass es Mittagessen gäbe und verschwand anschließend wieder. Ich folgte ihm einige Minuten später. Zumindest bezüglich des Essens hatte er die Wahrheit gesagt, denn als ich an Deck angekommen war, sah ich schon den fertig gedeckten Tisch. Gleichzeitig mit mir kam Marcus, unser Koch. Als er die Schüsseln an mir vorbeitrug, fiel mir zum ersten Mal sein Löwen-Tattoo am linken Arm auf.

Tyler, Jack und Aaron saßen bereits am Tisch. Ich wollte mich gerade neben Aaron setzten, als sich Tyler dazwischen quetschte. Triumphierend drehte er sich zu Aaron, lehnte sich dabei nach hinten und legte unauffällig seinen Arm um mich. Ich beschloss erstmal nichts zu unternehmen, da ich mich ihm ohnehin etwas annähern wollte - im Sinne der Mission versteht sich.

Marcus hatte heute etwas Vegetarisches gekocht.

Aaron verzog das Gesicht und schob den Teller von sich weg: „Ich habe nicht die Spitze der Nahrungskette erklommen, um jetzt Gemüse zu essen. Was soll das eigentlich sein?"

Er zeigte auf einen bräunlichen Würfel.

„Tofu", antwortete Marcus.

„Tofu!? Das esse ich bestimmt nicht", Aaron verschränkte beleidigt die Arme.

Ich stöhnte auf: „Echt Aaron, manchmal bist du wirklich anstrengend. Wenn ich deine Frau wäre, würde ich wahrscheinlich irgendwann Gift in deinen Kaffee mischen."

„Und wenn ich dein Mann wäre", erwiderte er, „würde ich ihn trinken."

„Du kennst Churchill? Jetzt bin ich wirklich beeindruckt", gab ich sichtlich überrascht zu.

Tyler gefiel unsere Euphorie über das Churchill-Zitat eher weniger und er lenkte die Aufmerksamkeit für den Rest des Essens wieder überwiegend auf sich.

Nach dem Essen wollte ich kurz mit Aaron sprechen. Ich hatte beschlossen ihn zumindest teilweise einzubeziehen. Immerhin waren wir zusammen hier und sollten auch zusammenarbeiten.

Wir zogen uns in eine ruhigere Ecke auf dem Unterdeck zurück. Aaron sah mich gespannt an und wartete darauf, was ich zu sagen hatte. Als er mich mit seinen unschuldigen braunen Augen ansah, merkte ich, wie sich mein schlechtes Gewissen meldete. Wie sehr ich auch versuchte, es zu unterdrücken, es funktionierte nicht. Nicht auf Dauer.

Ein kalter Schauer lief mir über den Rücken und ich schüttelte mich unwillkürlich.

„Ist dir kalt?", fragte mich Aaron.

„Nein, alles gut", gab ich schnell zurück und begann zu erzählen: „Du weißt ja, warum wir hier sind. Und ich habe das Gefühl, der Professor hängt wirklich mit drin."

Ich hatte die Idee mit den Codenamen gehabt und bin auf die Idee mit „Professor" gekommen. Es gab keinerlei Verbindung des Namens zu Jack und doch passte er zu ihm.

Jack war schließlich der Chef an Bord, der die Befehle gab. Und genau diese Position hatte oft auch der Chefarzt in einem Krankenhaus inne, welcher in vielen Fällen den Titel Professor trug und oft auch unter diesem Namen im Krankenhaus bekannt war. Außerdem strahlten sowohl Jack als auch viele Chefärzte ein starkes Selbstbewusstsein aus, was ihren Führungsanspruch zusätzlich unterstrich.

„Ja", fing Aaron an, „das vermute ich auch. Er verhält sich irgendwie verdächtig. Ich habe gestern ein Gespräch zwischen ihm und einer anderen Person an Bord gehört. Er sprach über eine Akte und deren Übergabe. Mehr weiß ich leider nicht und auch nicht, wer die zweite Person war, mit der Jack gesprochen hat. Es könnte Marcus gewesen sein."

Ich überlegte einen Moment: „Ich bin mir eigentlich ziemlich sicher, dass *unsere* Akte gemeint ist. Die Übergabe soll eigentlich in einer Woche sein, aber vielleicht hat sich der Termin auch verschoben."

Ich zögerte: „Sie soll an einen Jared Stone übergeben werden."

„Woher weißt du das alles?", Aaron sah mich erstaunt an.

Ich erzählte ihm von dem Telefongespräch. Aber ich war noch nicht fertig.

„Egal, wer die zweite Person war, es muss jemand von der Crew sein. Wir waren gestern seit zwei Tagen auf

See und deshalb kann es niemand Fremdes sein. Wie soll die Person sonst an Bord gekommen sein? Es kann also nur Tyler, Marcus, der Ingenieur oder einer der Stewards gewesen sein. Wir müssen vorsichtig sein. Du könntest Marcus genauer unter die Lupe nehmen. Ich werde mich ein bisschen an Tyler hängen."

„Ja, das habe ich vorhin schon gesehen", erklärte mir Aaron fast beleidigt und drehte sich um.

Plötzlich wurde meine Aufmerksamkeit aber auf etwas, oder besser gesagt *jemand,* anderes gelenkt. Links von mir verschwand ein schwarzer Schatten hinter der Wand.

Es schien, als belauschten nicht nur Aaron und ich gerne fremde Gespräche.

Kapitel 15

Es war inzwischen später Nachmittag und ich saß mit Aaron und Tyler auf dem makellosen Deck. Im Hintergrund tönte ein spanischer Chart-Song aus dem Radio. Aaron lag in der Sonne und hatte sich einen Cocktail gemacht - behauptete er zumindest. Ich ging ehrlich gesagt davon aus, dass Marcus für das rot-orangene Kunstwerk verantwortlich war.

Ich saß auf meinem Handtuch und hörte Musik. Leise genug, dass ich das Radio im Hintergrund und meine Umgebung noch hörte. Irgendwann stand Tyler auf und setzte sich neben mich.

„Was hörst du?", fragte er mich. Ich nahm meine Kopfhörer ab und hielt sie ihm hin.

Eine Weile lang saßen wir schweigend nebeneinander. Während er sich mein Lied anhörte, musterte ich ihn unauffällig von der Seite. Ich fragte mich immer noch, ob er der schwarze Schatten von heute Mittag gewesen war. „Gefällt mir", sagte er schließlich.

„Ja? Ich hätte nicht gedacht, dass es dein Geschmack ist", wunderte ich mich.

„Doch. Ich höre gerne Soul."

„Dann hast du zumindest einen guten Musikgeschmack", stellte ich fest.

„Tja, vielleicht haben wir mehr gemeinsam, als du denkst, Jade Lane", Tyler nahm die Kopfhörer wieder ab und strich mir meine langen blonden Haare hinters Ohr. Er setzte mir die Kopfhörer wieder auf und verschwand hinter der Kapitänskabine. Unbewusst musste ich ihm über meine Schulter nachsehen.

Am nächsten Tag saßen wir wieder auf dem Deck. Ich hatte nur ein leichtes Kleid über meinem nassen Bikini an. Mittags waren wir schwimmen gewesen. Als die Sonne langsam hinter den Wolken verschwand, wollte ich mir eine dünne Jacke holen, da es doch kühler geworden war.

Als ich den Gang zu meiner Kabine entlanglief, überkam mich sofort ein ungutes Gefühl. Es roch irgendwie komisch und ich wurde sofort wachsam, konnte aber nichts erkennen. Täuschte ich mich? Wahrscheinlich war ich inzwischen einfach paranoid und es hatte hier schon immer so gerochen.

Mit (dennoch) erhöhter Aufmerksamkeit lief ich auf meine Tür zu. Vorsichtig drückte ich die Klinke nach unten und die Tür sprang auf. Niemand war im Zimmer. Doch das ungute Gefühl verließ mich nicht. Ich setzte drei vorsichtige Schritte in meine leere Kabine.

Nichts.

Erleichtert atmete ich auf und verlagerte mein Gewicht leicht nach hinten auf meine Fersen, da ich zuvor quasi auf Zehenspitzen gelaufen war. Dann hörte ich ein kaum hörbares Klicken unter meinen Füßen. Ich hatte keine Zeit zu reagieren. In dem Bruchteil einer Sekunde explodierte die Sprengladung und ich wurde zurückge-schleudert. Dabei gab es einen entsetzlichen Knall, wo-bei der Schrecken größer war, als die Wucht der Spreng-ladung. Mein Kopf stieß trotzdem unsanft gegen die Wand und ich merkte, wie ich das Bewusstsein verlor. Das Letzte, was ich verschwommen sah, waren Funken und schwarzer Rauch, der unangenehm in meiner Nase brannte.

Als ich meine Augen langsam wieder öffnen konnte, wurde ich gerade aus dem stickigen Flur nach oben an die frische Luft getragen. An Deck wurde ich vorsichtig auf die Couch gelegt. Danach verlor ich nochmal das Be-wusstsein und meine Augen schlossen sich wieder, be-vor ich etwas sagen konnte.

Nach einer gefühlten Ewigkeit wachte ich endlich wie-der auf. Ich strich mir die Haare aus dem Gesicht und richtete mich auf. Offensichtlich lag ich immer noch auf der Bank. Zuerst sammelte ich mich kurz und überlegte, was passiert war.

Ich wollte in meine Kabine. Meine Jacke holen. Dann die Sprengladung...meine Kabine!

Ruckartig stolperte ich von der Couch in Richtung Ka-binen. Durch das ruckartige Aufstehen taumelte ich die ersten Schritte noch leicht benommen. Auf dem Weg zu meiner Kabine traf ich auf die Crew.

„Alles in Ordnung mit dir?", Marcus musterte mich.

„Klang echt übel", Aaron sah mich beunruhigt an.

Ich ignorierte ihre Bemerkungen und ging geradewegs auf meine Kabine zu. Tyler stellte sich mir in den Weg: „Meinst du wirklich, du solltest *da* runtergehen? Wir müssen das erstmal genauer checken."

Ich fand seine Sorge ja wirklich süß, aber ich musste sehen, was passiert war.

„Lass sie halt durch Tyler. Wir haben uns die Kabine und den Gang angesehen, alles in Ordnung. Kein Grund zur Sorge", Jack lehnte an der Wand und Tyler musste widerwillig zur Seite gehen.

Ich stürzte die Treppe hinunter und stolperte den Gang entlang. Vor meiner Tür zögerte ich kurz, öffnete sie dann aber.

Das Bild, welches sich mir bot, war *nicht* so schrecklich, wie erwartet. An der Stelle, wo die Sprengladung positioniert gewesen war, war jetzt ein Loch im Boden und überall verkohlter Teppich. Aber davon abgesehen, war meine Kabine quasi unversehrt. Das Problem war eher ein furchtbarer Gestank, der mir entgegengekommen war, sobald ich die Kabine betreten hatte. Er kam definitiv von der verkohlten Stelle, dennoch war es nicht der typische Geruch von Verbranntem. Er war schlimmer. Viel schlimmer.

Ich lief ins Bad und packte meine Sachen zusammen. Inzwischen waren auch Tyler, Aaron und Marcus an meiner Tür angekommen und alle drei rümpften fast zeitgleich angewidert die Nase. Ohne sie zu beachten packte ich meine Tasche weiter. Es war offensichtlich, dass ich unmöglich in dem Zimmer bleiben konnte. „Wo willst du jetzt schlafen?", fragte Marcus wenig interessiert.

„Sie kann doch bei mir schlafen. Immerhin hab' ich sie hier rausgetragen", Tyler grinste Marcus an.

„Meine Kabine ist größer, würde ich sagen. Und weiter weg von diesem Gestank hier", warf Aaron ein.

Ich unterbrach schlagartig das Zusammenpacken meiner Sachen und drehte mich in Aarons Richtung: „Lass es mich so sagen, Aaron. Wenn ich die Wahl hätte, zwischen einer gemeinsamen Kabine mit dir und einem stinkenden Müllcontainer, würde ich trotz des Gestanks Letzteres ernsthaft in Erwägung ziehen."

„Ich denke, sie kann eine der leeren Kabinen nehmen", Marcus warf Tyler und Aaron einen warnenden Blick zu.

Ich hatte inzwischen alles zusammen. Alles außer meinem Rucksack. Aber den wollte ich nicht ausgerechnet *jetzt* holen, wenn die halbe Besatzung ein Gruppentreffen in meinem Türrahmen abhielt. Ich würde mich später um ihn kümmern.

Direkt im Anschluss siedelte ich in meine neue Kabine um und richtete mich ein. Jack bestand darauf, dass mich der Steward nochmal untersuchte, welcher sozusagen unser Schiffsarzt war. Ich hatte meine Verletzungen jedoch bereits in meinem neuen Zimmer mit Laurens Erste-Hilfe-Set behandelt und alle Vitalparameter gecheckt, was ihn ehrlich gesagt ziemlich überflüssig machte. Ebenso wie seine Einschätzung, dass ich ziemliches Glück gehabt hatte.

Am frühen Abend kam Jack auf uns zu: „Ich habe beschlossen, dass wir heute Abend in einem Hafen anlegen. Nach der ganzen Aufregung wäre eine kleine Auszeit wahrscheinlich gar nicht schlecht. Und Jade, unser Ingenieur wird sich deine Kabine nochmal anschauen. Es war vermutlich einfach eine defekte Leitung gewesen. Das tut mir natürlich außerordentlich leid, sowas darf nicht vorkommen. Aber mach dir keine Sorgen. Solange du seine Anweisungen befolgst, kann dir nichts passieren."

Diese Erklärung hielt ich für eher unwahrscheinlich. Eine defekte Leitung? Ich hatte den Zünder genau gehört. Das war keine defekte Leitung. Das war eine Warnung gewesen und ich hatte auch eine Vermutung, wer dafür verantwortlich war. Allem Anschein nach hatte Jack inzwischen verstanden, dass ich weniger Teil seiner Tarnung war, sondern vielmehr zu den Menschen gehörte, vor denen er sich tarnen wollte.

Da wir heute mal die Gelegenheit hatten, die Yacht zu verlassen, beschlossen wir im Ort Essen zu gehen. Jack hatte das Restaurant ausgewählt. Es schien so, als kannte er sich hier aus.

Ich machte mich gerade noch im Bad fertig. Meine langen blonden Haare lagen wie ein glatter Teppich über meinem nackten Rücken und ich hatte ein leichtes

Abendmakeup aufgetragen. Es fehlte nur noch mein Kleid. Da es eine edlere Bar war, wollte ich mich an den Dresscode halten. Das Kleid war dunkelblau, etwa knielang und schulterfrei. Gerade lang genug, dass es die Schürfwunden und Hämatome an meinen Oberschenkeln verdeckte. Der taillierte Schnitt des Kleides kam durch ein dünnes Band, welches die Taille umspielte, noch besser zur Geltung.

Als ich den Reisverschluss hochzog erschien Tyler in der Tür. Er lief zu mir und schloss den Verschluss meiner Kette.

„Du siehst toll aus", er sah mich im Spiegel an.

„Danke. Du auch."

Er hatte eine schwarze Hose an und trug ein weißes enges Hemd, welches halb aufgeknöpft war, sodass seine Tattoos durchblitzten. An seiner Hautfarbe war klar zu erkennen, dass er viel Zeit in der Sonne verbrachte.

Zusammen verließen wir meine Kabine. Jack entschuldigte sich kurzfristig. Er und unsere Stewards blieben an Bord. Also gingen Aaron, Tyler, Marcus und ich alleine los. Wir konnten bequem laufen, der Weg war nicht weit. Der Ort an sich war zwar klein, besaß aber seinen ganz eigenen Charme. Überall hingen bunte Laternen über den schmalen Gassen. Sie warfen ein angenehm warmes Licht auf den Boden. Am Straßenrand waren immer wieder Garküchen zu sehen, es gab viele Reisgerichte mit Gemüse und verschiedene Fleischspieße. Die

Straßen waren gefüllt mit exotischen Gerüchen. Es roch nach dem Essen der Garküchen und nach verschiedenen Gewürzen, die ich nicht immer zuordnen konnte.

Nach kurzer Zeit erreichten wir die Bar. Es war eine Pianobar, die im Vergleich zu dem restlichen Ort deutlich hervorstach. Marcus, welcher vorangegangen war, öffnete uns die Eingangstür und wir traten ein. Die Bar war wirklich schön. Dennoch hatte sie nichts von dem indonesischen Flair, den es im Rest des kleinen Ortes zu spüren gab. Es gab runde Tische und in der Mitte der Bar eine kleine Erhöhung mit einem teuer aussehenden Flügel. Während ich mich eben noch overdressed gefühlt hatte, verstand ich jetzt, warum mir geraten wurde, mich schick anzuziehen.

Wir wurden zu einem schönen Tisch ganz in der Nähe der Bühne geführt und setzten uns. Alle Angestellten sprachen fließend Englisch. Nach einiger Zeit kam ein gestresster Kellner zu uns: „Entschuldigen Sie. Ich komme gleich zu Ihnen.“

Damit drehte er sich wieder um und wandte sich einem anderen Mann zu: „Aber das geht nicht...nein! Ihre Band muss kommen. Was soll ich den Gästen sagen? Es ist heute extra Mister Graham gekommen. Ja! *Der* Mister Graham. Es wird eine Katastrophe. Ich verliere meinen Job!“ Der Kellner hüpfte aufgeregt herum.

Der andere Mann im Anzug dagegen wirkte relativ gelassen und gleichgültig, was die Unruhe des Kellners jedoch nur verstärkte.

„Die Bandmitglieder wären niemals rechtzeitig hier. Die Sängerin ist ohnehin krank. Ich habe deshalb extra schon vor zwei Tagen abgesagt. Falls diese Information nicht weitergeleitet wurde, ist das ein internes Problem. Es tut mir leid." Der Anzugträger sah ungeduldig auf seine silberne Armbanduhr.

Der Kellner wischte sich den Schweiß von der Stirn: „Das Programm heute Abend MUSS stattfinden. Verstehen Sie das nicht?"

„Dann müssen sie eben einen Ersatz besorgen! Meine Leute werden hier heute jedenfalls nicht spielen können", erwiderte der andere Mann.

Die anderen hatten das Gespräch ebenfalls aufmerksam verfolgt. „Sing du doch", ich sah Tyler an.

„Aber nur", er blickte vom Tisch auf, „wenn du auch endlich mal richtig singst." Erwartungsvoll sah er mich an.

„Okay", antwortete ich.

„Okay?"

„Okay."

Wir riefen den Kellner und er kam ohne Umwege zu unserem Tisch. „Entschuldigen Sie nochmal. Aber ich fürchte es gibt heute keine Live-Musik", sagte er leicht verärgert und sah seinem Gesprächspartner zähneknirschend nach.

„Das kommt ganz darauf an, ob Sie auch mit einem spontanen Ersatz einverstanden wären", bot ich ihm an und sah zu Tyler.

Der Kellner folgte meinem Blick und betrachtete Tyler prüfend: „Naja, ich kann das zwar nicht prüfen, aber besser als nichts. Dann geben wir euch mal eine Chance."

Der Kellner lief zu einem anderen Anzugträger, der offensichtlich sein Vorgesetzter war. Die Beiden redeten für einige Minuten, in denen ihre Blicke immer wieder zwischen unserem Tisch und der Bühne hin- und herschwankten. Schließlich nickte der Anzugträger und der Kellner lief eilig wieder zu unserem Tisch zurück.

Als er angekommen war, stützte er beide Arme auf dem Tisch ab und sah abwechselnd Tyler und mich durchdringend an: „Also, hier sind die Bedingungen."

Tyler zog sein Hemd glatt und lief auf die Bühne. Er setzte sich an den Flügel und positionierte seine Hände über den Tasten. Dann zögerte er einen Moment. Wahrscheinlich überlegte er, was genau er eigentlich spielen sollte. Nach wenigen Sekunden richtete er seinen Blick auf die Tasten, spielte die ersten Akkorde und begann dann zu singen. Er hatte sich für *Easy (like sunday morning)* von Lionel Richie entschieden. Das Lied passte wirklich gut zu seiner Stimme und der Kellner am Rand der Bühne machte einen zufriedenen Eindruck.

Das Publikum schien Tylers Auftritt ebenfalls sehr zu genießen. Tyler legte die anfängliche Zurückhaltung ab und spielte immer lockerer. Nach dem zweiten Refrain spielte er ein kleines Pianosolo, sah zu unserem Tisch herüber und nickte mir auffordernd zu. Ich verstand sofort, worauf er hinauswollte. Leicht widerwillig stand ich langsam auf. Nicht, weil ich mich drücken wollte, sondern weil ich seinen Auftritt nicht stören wollte. Aber ich hatte es versprochen und für gewöhnlich hielt ich, was ich versprach.

Während ich auf die Bühne lief, spürte ich die Blicke in meinem Rücken. Aber es machte mir nichts aus, schließlich würden wir die Stadt morgen sowieso verlassen und selbst wenn das Ganze in einem Desaster geendet hätte, hätte ich relativ schnell und unkompliziert die Flucht ergreifen können. Zumindest beruhigte mich dieser Gedanke.

Als Tyler anfing weiter zu singen, setzte ich mit ihm ein. Erst in der selben Tonlage, dann sang ich eine Terz höher als er, was eine schöne Harmonie erzeugte. Ich vergaß den ganzen Ärger der letzten Stunden und konzentrierte mich ganz darauf, mich hier nicht zu blamieren - trotz der Fluchtmöglichkeit. Aber die Sorge war unbegründet. Alles lief wie geplant - oder zumindest ohne Probleme. Ich würde nicht unbedingt von einem Plan reden, wenn ich an die zwei Sätze dachte, die wir zuvor über den Auftritt verloren hatten.

Wir spielten noch ein paar andere Lieder, auf die wir uns zuvor geeinigt hatten. Das letzte Lied, das wir spielten, war *"Don't Go Breaking My Heart"* von Elton John und Kiki Dee. Als wir fertig waren, herrschte für einen Augenblick lang Stille. Mir war nicht aufgefallen, dass alle Gespräche um uns herum verstummt waren und uns der gesamte Raum zugehört hatte.

Dann begann das Publikum laut zu klatschen. Tyler stand auf, lief zu mir und stellte sich neben mich. Wir verbeugten uns kurz und liefen dann zurück zu unserem Platz.

„Das war ziemlich...", fing Marcus an.

„...gut", beendete Aaron den Satz.

Ich hatte das Gefühl echte Bewunderung in ihren Gesichtern zu erkennen und musste lächeln.

„Danke", gab ich zurück und merkte, wie meine Wangen rot wurden.

Während ich versuchte mich mit meinem Kleid hinzusetzen, was sich doch als etwas schwieriger gestaltete, fiel mir auf, dass Tyler mich beobachtete. Ich traf seinen Blick, was dafür sorgte, dass meine Wangen noch röter wurden. Marcus schien von all dem nichts mitbekommen zu haben und fing an das Gespräch fortzusetzen.

Der Abend verlief tatsächlich sehr gut (was ich bei dieser Konstellation nicht unbedingt erwartet hätte), die Atmosphäre war locker und unbefangen. Zwischendrin vergaß ich fast, warum ich überhaupt hier war.

Als der Kellner von vorher die Rechnung brachte, bedankte er sich nochmal für unser Einspringen und streckte mir einen kleinen Blumenstrauß als Dankeschön entgegen. Ich fragte mich, wie er den so schnell organisiert hatte, nahm ihn aber einfach lächelnd entgegen. Außerdem hatten wir vom Chef einen großen Rabatt auf unsere Rechnung bekommen. Tyler wollte uns einladen, aber ich bestand darauf selbst zu bezahlen. Ich wollte ihm nichts schuldig sein. Aaron, der deshalb natürlich auch selbst zahlen musste, warf mir einen verärgerten Blick zu.

Die anderen bezahlten bar, wie es in Indonesien abseits der Touristenhotspots meist üblich war. Sie hatten ein paar Häfen zuvor genügend Rupiah abgehoben. Ich konnte aber auch mit Karte zahlen. Da der Kellner das Lesegerät erst noch holen musste, bezahlte ich als Letzte.

Als wir dann alle bezahlt hatten, standen wir auf, schnappten unsere Jacken und Taschen und gingen in Richtung Ausgang. Plötzlich meldete sich der Kellner nochmal zu Wort: „Entschuldigung, ich bräuchte hier nochmal eine Unterschrift von Ihnen."

Ich verstand sofort: „Ja stimmt. Das habe ich ganz vergessen. Tut mir leid."

„Kein Problem. Das können wir noch nachträglich machen."

Meine Kreditkarte funktionierte nämlich nicht mit PIN, sondern per Unterschrift. Ich lief also zurück zum Tisch, während die anderen auf mich warteten. Der Kellner hielt mir einen silbernen Kugelschreiber hin. Ich unterschieb etwas krakelig, während ich versuchte mit meiner rechten Hand den Blumenstrauß und meine Handtasche zu balancieren. „Perfekt. Danke nochmal", verabschiedete sich der Kellner. Ich lief zu den anderen und wir verließen das Restaurant.

Kapitel 16

Am nächsten Tag setzten wir die Fahrt wie gewohnt fort. Wir fuhren schon früh los, um durch die ungeplante Pause am Tag zuvor, nicht unnötig Zeit zu verlieren. Jack stand am Steuer und der Rest half so gut, wie er eben konnte. Manche mehr, andere (Aaron) weniger effektiv.

Ich löste die Taue von den Pollern und befestigte unsere Pfänder in der richtigen Höhe, wofür ich im Grunde lediglich den Webeleinstek etwas lockern musste. Im Hintergrund hörte ich Marcus, der nach einem Tau mit Palstek fragte. Obwohl er sicher nicht mich angesprochen hatte, schnappte ich mir kurzerhand das Tau neben mir, machte den Knoten und warf es ihm zu.

„Ich bin beeindruckt. Das ist ein einwandfreier Knoten. Jack könnte ihn nicht besser machen", Marcus fing an zu lachen und schaute zu unserem Kapitän.

Ich hatte sogar das Gefühl ehrliche Anerkennung in Jacks Gesicht zu sehen, als er einen Blick auf meinen Knoten warf. Aber das kann natürlich auch reine Interpretationssache gewesen sein.

Aaron saß relativ teilnahmslos auf der Couch und belegte trotz seiner schlanken, trainierten Figur den gesamten Platz.

„Würde es dich sehr stören, etwas Platz zu machen, Aaron?", ich zog fragend meine Augenbraue hoch.

„Ehrlich gesagt, schon. Setz dich doch dahinten hin. Ich würde gerne liegen", Aaron deutete auf einen halb verwesten Stuhl in der Ecke.

Er passte überhaupt nicht in das restliche Bild der Segelyacht und ich wunderte mich, warum er überhaupt Gnade in Jacks Augen gefunden hatte.

Aaron sah mich herausfordernd an: „Wobei...bei dir sollte man aufpassen. Ich glaube nicht, dass er besonders stabil ist."

Er spielte auf ein - sagen wir mal- kleines Missgeschick an. Ich hatte mich auf einen Stuhl gesetzt, welcher kurzerhand zusammengebrochen war, woraufhin ich unsanft auf dem Deck gelandet war. Alle beteuerten, dass der Stuhl schon kaputt gewesen sei, aber besonders elegant war dieser Vorfall wohl trotzdem nicht gewesen.

Seit dem Abend in der Bar war Aaron noch streitsüchtiger als sonst. Ich kniff die Augen zusammen: „Ich kann dich auch eigenhändig ins Wasser befördern."

„Du kannst mich nicht einfach von Bord werfen. Das ist Körperverletzung, Jade", gab er zurück.

„Ich denke, bei dir würde man das eher als Umweltverschmutzung einstufen", gab ich barsch zurück.

Gerade als ich meine Drohung wahrmachen wollte, spürte ich eine Hand auf meiner Schulter. Ich erkannte Tyler sofort an seinen Tattoos. „Leg dich doch hier rüber."

Und bevor ich protestieren konnte, lag ich auch schon neben ihm auf dem Deck. Es tat gut, sich auszuruhen.

Nach dem Zwischenfall in meiner Kabine hoffte ich, erstmal etwas verschnaufen zu können. Doch wie sich schon bald herausstellen sollte, war mir dieser Luxus nicht vergönnt.

Doch zunächst gab es etwas anderes, was mich aus dem Konzept brachte. Es war bereits Abend. Der Himmel war zugezogen und es windete, aber es regnete nicht. Zumindest noch nicht. Jack stand am Steuer und Tyler saß vorne auf dem Vordeck. Er war nicht alleine, ich hörte mehrere Stimmen, aber ich wusste nicht, wer bei ihm war.

Ich lief an der Reling entlang in Richtung Heck. Immer wieder spritzte etwas Wasser nach oben, weshalb ich vorsichtig über den nassen Boden lief. Als ich das Heck erreichte, sah ich eine dunkle Gestalt, die mit den Unterarmen an der Reling lehnte. Ich ging auf sie zu.

Aaron bemerkte mich erst, als ich direkt neben ihm war. Einige Minuten lang standen wir schweigend nebeneinander. Dann brach er die Stille: „In was genau sind wir hier geraten?" Sofort sah ich mich alarmiert um.

„Keine Sorge, Jack steht oben auf der Brücke und die anderen sind alle bei Tyler."

Ich war zufrieden mit seiner Antwort und drehte mich wieder um: „Das ist eine gute Frage."

Der ständige Wechsel zwischen Zusammenarbeit und Streitigkeiten zwischen Aaron und mir, nagte an meinen Nerven.

Er fuhr fort: „Ich verstehe die ganze Sache nicht. Diese ominöse Akte. Jack. Tyler. Wie hängt das zusammen? Warum sollten sie den Aufwand betreiben und die Akte stehlen? Wir sind schließlich ein College und nicht die *CIA*."

Er wartete einen Augenblick. „Dennoch habe ich das Gefühl, dass unser College etwas zu verbergen hat. Als ich das letzte Mal im Kopierraum war und *etwas* kopieren wollte", Aaron musste bei diesem Satz etwas grinsen, „lag ein Blatt im Kopierer. Jemand hatte es vergessen. Ich hab' es rausgeholt, um zu schauen, wem es gehört. Weil ich dachte, ich kann es zurückgeben. Aber es gehörte keinem Schüler. Es war ein offizielles Dokument, mit Stempel der Schule und so. Ich glaube kaum, dass ich es sehen sollte. Inhaltlich ging es um die Speicherung von Daten und deren Auswertung. Irgendwas war komisch daran, das habe ich sofort gemerkt. Aber bevor ich weiterlesen konnte, platzte die überdrehte Sekretärin von Mister Scout in den Raum und riss mir das Blatt aus der Hand. Ich hatte schon da das Gefühl, dass es was zu verbergen gibt. Und wenn das stimmt, dann muss ich wissen, was. Schließlich helfen wir dem College und unterstützen damit indirekt auch *diese* Sache, was auch immer es ist. Ich frage mich die ganze Zeit, ob wir nicht sogar...die Pflicht haben, herauszufinden, was es ist."

Er machte eine kurze Pause. „An allem Unfug, der passiert, sind nicht etwa nur die Schuld, die ihn tun, sondern auch die, die ihn nicht verhindern."

Ich wusste nicht genau, was ich auf seine Vermutung und das Erich Kästner Zitat antworten sollte. Ich zögerte: „Das Gefühl habe ich inzwischen auch. Schon länger, ehrlich gesagt. Aber ich weiß auch nicht viel mehr als du. Deshalb brauchen wir unbedingt diese Akte. Dort finden wir die Antworten auf alle unsere Fragen."

Aaron sah mich an und ich konnte deutlich erkennen, dass er zwiegespalten darüber war, ob er mir das Folgende erzählen sollte: „Das habe ich mir schon gedacht. Also, dass du auch misstrauisch geworden bist und vielleicht sogar eigene Ermittlungen anstellst. Deshalb...deshalb bin ich dir in dem einen Hafen zur Post gefolgt." Er sah mich erwartungsvoll an.

„Keine Sorge, ich reiße dir schon nicht den Kopf ab", beruhigte ich ihn. „Du warst also das silberne Blinken, das ich bemerkt habe", sagte ich mehr zu mir selbst als zu ihm.

Jetzt machte *ich* eine kurze Pause. „Es gibt eine Sache, die du wissen solltest, Aaron. Ich hatte schon länger vor, dir davon zu erzählen, aber ich konnte bis jetzt nicht wirklich darüber reden."

Ich erzählte Aaron von dem Morgen in der Sporthalle, als ich ins Schwimmbecken gestoßen wurde. Von den Angstzuständen in der Zeit danach. Und ich erzählte ihm auch von meinem Einbruch in Mister Scouts Büro und den zerstörten Beweisen. Ich vertraute Aaron und war bereit dazu, ihn zumindest teilweise einzuweihen.

Ich könnte so tun, als wäre das eine selbstlose Tat. Aber in Wirklichkeit wusste ich, dass ich damit versuchte mein Gewissen zu entlasten. Aaron brauchte einen Moment, um die neuen Informationen zu verarbeiten. Dann fing er an Fragen zu stellen: „Hast du darüber nachgedacht, wer dich gestoßen haben könnte?"

„Natürlich habe ich das. Aber ich habe keine Ahnung, wer es gewesen sein soll."

Aaron sah mich an: „Jade, ich weiß, dass ich meine Vermutung, einmal ausgesprochen, nicht mehr zurücknehmen kann. Aber ich muss dich einfach fragen. Glaubst du, dass es vielleicht Connor gewesen sein könnte?"

Ich sah Aaron entsetzt an: „Bist du dir klar darüber, was du da sagst? Wie kommst du ausgerechnet auf ihn?"

„Bin ich. Ich kann es ja selbst nicht ganz glauben. Aber er war einer der ersten in der Sporthalle, das hast du selbst gesagt. Er weiß, dass es kein Unfall war. Und er hat dir praktisch gedroht, als er gesagt hat, dass du dich aus fremden Angelegenheiten raushalten sollst. Klingt das für dich etwa nicht verdächtig?"

Ich schluckte, weil ich realisierte, was meine Offenheit gegenüber Aaron für Konsequenzen hatte. Das Letzte, was ich damit bezwecken wollte, war, dass mein bester Freund verdächtigt wurde.

„Ich weiß nicht, Aaron. Wenn du es so sagst, klingt es schon etwas verdächtig. Aber die Argumente, die ihn schuldig aussehen lassen, sind ziemlich vage, wenn ich ehrlich bin."

Ich versuchte Aaron etwas abzulenken: „Egal wie. Ich weiß nicht einmal, ob das Ganze etwas mit der Akte zu tun hat."

Gerade als Aaron antworten wollte, schlug eine besonders hohe Welle gegen die Reling, wodurch eine beachtliche Menge an Wasser auf das Deck schwappte. Erschrocken wich ich zurück, wobei ich mit Aaron zusammenstieß.

„Sorry." Ich fuhr mir verlegen durch die Haare und drehte mich nach hinten in Richtung der anderen um.

„Ich sollte zurückgehen. Die wundern sich bestimmt schon, wo ich bleibe."

„Ja, stimmt. Ich komme auch in ein paar Minuten nach", antwortete Aaron.

Offensichtlich hatte er nicht vor, mich weiter nach dem Morgen in der Sporthalle zu befragen und akzeptierte für den Moment, dass ich nicht weiter darüber reden wollte.

Als ich mich hastig umdrehte und loslief, hatte ich natürlich längst vergessen, wie nass und rutschig das Deck von der Welle war. Das Profil meiner Sneakers war bereits abgenutzt und schon beim zweiten Schritt kam ich ins Rutschen. Ich verlor sofort das Gleichgewicht.

Aaron fing mich geistesgegenwärtig auf.

Als ich mich wieder aufrichtete, merkte ich, wie nah wir aneinander standen. Allein aufgrund unserer Nähe, breitete sich ein warmes Kribbeln in meinem Bauch aus. Ein Windstoß wehte über das Deck und meine blonden Strähnen verfingen sich in seinen schwarzen Locken. Aaron sah mich mit seinen dunklen braunen Augen an, während ich versuchte, unsere Haare zu entwirren. Er beobachtete mich ein paar Sekunden lang.

Dann lehnte er sich zu mir, nahm sanft meinen Kopf in seine Hände und seine Lippen berührten meine. Sie waren weich und warm. Die sanfte Art, mit der er mich küsste, überraschte mich, da ich ihn so nicht kannte. Mein Herz begann wild zu pochen, doch ich war zu überrascht, um zu reagieren. Und das ist eine ziemlich schlechte Ausrede für jemanden, der genau dafür aus-gebildet wurde, schnelle Reaktionen zu zeigen.

Zuvor hatte ich meine Hände instinktiv abwehrend auf seine Brust gedrückt, doch die Anspannung ließ schnell nach. Seine Hände wanderten langsam von mei-nem Kopf zu meinem Hals. Ich spürte die Wärme seines Körpers an meinen Händen. Die Wärme seiner Hände an meinem Hals. Sie waren zwar rau, aber nicht unan-genehm. Sie ließen auf sein intensives körperliches Trai-ning schließen. Sein markant riechendes Rasierwasser hatte ich schon zuvor bemerkt, aber jetzt kam es mir vor, als würde ich darin ertrinken.

Er kam noch ein bisschen näher und sein Oberkörper schmiegte sich an meinen, während der Wind an uns vorbeipfiff und meine Haare abermals durcheinanderbrachte. Unsere Lippen lösten sich langsam voneinander und er lächelte mich an, nur um Sekunden später wieder seine Lippen leidenschaftlich auf meine zu drücken.

Diesmal erwiderte ich den Kuss und schlang meine Arme um seinen Hals. Aarons Hände wanderten langsam meinen Rücken entlang, was eine Gänsehaut erzeugte. Wir liefen ein paar Schritte zurück, sodass ich gegen die weiße Wand stieß. Mein ganzer Körper war wie elektrisiert. Unsere Lippen schmiegten sich aneinander und das Kribbeln in meinem Bauch wurde zu einem Feuerwerk.

Ich konnte nicht sagen, wie lange wir dort gestanden hatten, als aus heiterem Himmel erneut eine kräftige Welle gegen die Reling schlug. Wir wurden schlagartig in die Realität zurückgeholt, als wir von Kopf bis Fuß nassgespritzt wurden.

Überrascht lösten wir uns voneinander und mussten beide lachen, als wir uns ansahen. Aarons dunkle Locken waren zerzaust, eine davon hing in sein Gesicht und tropfte auf seine Wangen. Sein durchnässtes Hemd klebte an seinem Oberkörper, wie eine zweite Haut.

Aus dem Hintergrund tönte Marcus Stimme, der nach mir rief. Ich sah Aaron an und er nickte mir zu. Ich lief ein paar Schritte rückwärts, diesmal vorsichtiger. Dann kehrte ich Aaron den Rücken zu und ließ ihn in der Dunkelheit zurück, während ich mit einem Lächeln auf den Lippen zu Marcus lief.

Kapitel 17

Es war noch früh am Morgen, als ich durch ein Geräusch direkt über dem kleinen Fenster in meiner neuen Kabine geweckt wurde. Verschlafen richtete ich mich auf und wusste sofort, dass ich mich nicht getäuscht hatte. In regelmäßigen Abständen hörte ich Fußstapfen über mir.

Ich war schlagartig hellwach und - unerklärlicher Weise - mindestens ebenso beunruhigt. Schnell suchte ich eine Leggings und zog ein Top an. Ich hastete in das kleine Bad, spritze mir Wasser ins Gesicht, um wach zu werden und band meine Haare in einem Pferdeschwanz zusammen. Allein wegen dem Fahrtwind, war es sehr zu empfehlen, die Haare zusammenzubinden.

Durch die Luke konnte ich die Sonne sehen, welche gerade aufging. Ich suchte nach meinem Rucksack und zog ihn über meine Schultern. Er war so flach und angepasst, dass man ihn kaum bemerkte. Trotzdem befand sich mein Atemgerät und der Blender darin. Ich öffnete die Tür und schloss sie so ruhig wie möglich. Alle anderen Kabinen waren noch zu und vorsichtig schlich ich mich an ihnen vorbei, bis ich vor Aarons Tür stand.

Ich zögerte. Einerseits wollte ich nicht unhöflich sein und einfach in sein Zimmer platzen. Andererseits wollte ich so schnell wie möglich zu ihm und konnte kein lautes Klopfen riskieren. Ich entschied mich, der Form halber, dafür halbherzig zu klopfen und öffnete die Tür trotz der Tatsache, dass ich keine Antwort erhalten hatte. Innen angekommen drehte ich mich schnell um und schloss die Tür wieder. Aaron richtete sich im selben Moment auf und blickte mich verwirrt an. Bevor ich etwas sagte, sah ich an ihm herunter. Er folgte meinem Blick, streckte sich aber demonstrativ, anstatt seinen nackten Oberkörper mit der Decke zu bedecken.

„Nächstes Mal kannst du ruhig Bescheid sagen und musst dich nicht so anschleichen", er grinste mich mit seinen leuchtenden Zähnen an und schob seine Decke zur Seite, um mir Platz zu machen.

„Aaron! Es ist ernst. Irgendwas stimmt nicht. Da ist jemand auf dem Deck."

Sein Grinsen verschwand, als er merkte, dass ich es wirklich ernst meinte. Er stand auf und wollte gerade in sein Bad laufen, als sich der Türknopf drehte.

Wir sahen uns erschrocken an und begannen loszulaufen. Leider nicht besonders koordiniert, sodass wir ineinander rannten und kurzerhand umfielen. Genau in dem Moment, als wir auf dem Bett landeten, erschien Tyler außer Atem in der Tür.

„Aaron, du sollst sofort kommen. Befehl von meinem Onk...", Tyler stoppte, als er uns sah. Dann fügte er hinzu: „Das gilt ebenso für dich, Jade. Wir werden von Piraten angegriffen."

Damit verschwand er. Trotzdem entging mir nicht der Blick, den er mir beim Verlassen der Kabine zuwarf. Mir war die ganze Situation ziemlich unangenehm.

„Na super. Das hast du ja toll hinbekommen. Ist es denn SO schwer geradeaus zu laufen? Echt, eine Hirnzelle weniger und du wärst 'ne Amöbe!" Ich befreite mich aus dem Deckengewirr.

„Wieso ich? DU hast mich doch überfallen", erwiderte Aaron entrüstet.

Seine lockigen Haare standen in alle möglichen Richtungen ab. Ich konnte bei dem Anblick nicht ernst bleiben und musste unabsichtlich schmunzeln. Trotzdem versuchte ich ihm zu widersprechen, wurde aber von einem lauten Schlag an Deck unterbrochen.

„Wir klären das noch", schnaubte ich im Gehen und verschwand allein in der Tür.

An Deck bot sich mir ein Spektakel. Jack, Tyler und ein Steward waren an Deck und schrien wild durcheinander. Links von unserem Schiff hatte ein kleines Piratenboot angelegt. Dieses Mal träumte ich nicht. Die Besatzung enterte unser Schiff und die Piraten kletterten über die Reling. Sie waren maskiert, sodass man ihre Gesichter nicht erkennen konnte. Der Schlag, den ich zuvor gehört hatte, war vermutlich durch den schweren Holztisch verursacht worden, der in der Ecke lag.

Schnell rannte ich auf ihn zu und suchte Schutz unter der Holzdecke.

Keine Sekunde zu früh.

Eine Granate explodierte direkt an der Stelle, an der ich gestanden hatte und warf Aaron, welcher inzwischen nachgekommen war, die Treppe hinunter. Zeit nachzudenken hatte ich nicht, da ich schon sah, wie ein Pirat auf unseren Steward zulief. Dieser stand mit dem Rücken zu dem Pirat und sah ihn nicht kommen.

Kurzerhand verließ ich also meine Deckung und sprang dem Angreifer auf den Rücken. Aufgeschreckt drehte sich der überraschte Steward um und blickte mich panisch an. Ich kämpfte währenddessen mit meinem Gleichgewicht, konnte es aber schließlich nicht mehr halten, sodass der Pirat und ich zu Boden fielen. Instinktiv rollte ich mich zur Seite und sah mich suchend um. Mein Blick traf auf eines der Segel und mir kam eine Idee. Ich rannte darauf zu.

Bevor ich drei Schritte gemacht hatte, spürte ich einen festen Griff um meinen Knöchel. Ich verlor erneut das Gleichgewicht und stürzte zu Boden. Noch im Fall drehte ich mich und trat nach der Hand. Der Tritt saß und der Pirat verzog schmerzverzerrt das Gesicht. Ich setzte meinen Weg fort und erreichte das Segel, welches an einem dicken Holzstück, dem Baum, befestig war. Der Pirat folgte mir wie erwartet.

Kurz bevor er mich erreichte, tauchte ich zur Seite unter und schwang mich unter dem Segel hindurch auf die gegenüberliegende Seite. Der Pirat drehte sich verwundert nach mir um. Aber bevor er mir folgen konnte, fierte ich über einen Flaschenzug die Schot und das Segel begann im Wind zu schwenken. Der Baum krachte mit bemerkenswerter Wucht gegen das Schulterblatt des Piraten, welcher Übergewicht bekam und ins Meer stürzte. Ich war stolz auf meine Idee, hoffte aber gleichzeitig, dass er keine bleibenden Schäden davontrug.

Tyler rang circa fünf Meter entfernt von mir mit einem anderen Piraten. Geschickt wand er sich aus dessen festem Griff und beförderte seine Ellenbogen in den Magen seines Angreifers. Dieser musste röcheln und taumelte nach hinten. Tyler nutzte den Moment und traf mit einem Seitenhieb dessen Kiefer. Bewusstlos fiel der Pirat wie ein Stein nach hinten. Tyler drehte sich zu mir und riss plötzlich erschrocken die Augen auf.

Ich wusste, dass es zu spät war, als sich eine starke Hand auf meinen Mund presste und mich unsanft nach hinten zog. Ich wollte mich umdrehen, war aber gegen meinen kräftigen Gegner machtlos. Mein Puls schoss schlagartig in die Höhe. Diesmal aus Panik.

Als er seinen Griff noch enger fasste, rutschte der schwarze Ärmel seines linken Armes etwas nach oben. Es kam ein Tattoo zum Vorschein. Als ich es sah, fügte sich der Ausschnitt des Tattoos in meinen Gedanken sofort mit einem bereits bekannten Löwen-Tattoo zusammen und es verschlug mir den Atem.

Irgendetwas stimmte hier nicht. Das war kein echter Angriff - oder zumindest kein zufälliger. Warum sonst sollte unser Koch Marcus mit den Piraten gemeinsame Sache machen? Was für ein Interesse könnte er an einem Angriff haben? Wenn Marcus eingeweiht war, war es Jack doch sicher auch. Und was war mit Tyler? Konnte ich ihm überhaupt vertrauen? War womöglich sogar Aaron Teil der Intrige? Hatte er mich eben nicht unnötig lange in seinem Zimmer aufgehalten? War der Kuss gestern nur ein Trick gewesen, um mich zu manipulieren?

Tausend Gedanken schossen mir wie Pistolenkugeln durch den Kopf. Trotzdem war die Gefahr real. Durch den Schock, den ich erlitten hatte, hatte ich nämlich wertvolle Zeit verloren und war leichte Beute für Marcus gewesen. Dieser hatte mich inzwischen bis an die Reling geschleppt und drückte mich gegen dieselbe. Krampfhaft wehrte ich mich gegen seinen Versuch, mich ins Wasser zu werfen, musste mir aber eingestehen, dass er stärker war.

Plötzlich erinnerte ich mich an das Atemgerät und hörte abrupt auf, mich zu wehren. Das Wasser schien mir in diesem Augenblick sicherer als das Schiffsdeck.

Kurz bevor er mich über die Reling drückte, sah ich nochmal nach rechts und blickte in das schockierte Gesicht von Tyler. Das letzte, was ich sah, war Tyler, der mit großen Schritten auf mich zu rannte und seine Hand nach meiner ausstreckte.

Doch schon wurde die Reling immer kleiner und ich knallte auf die Wasseroberfläche, die zu einer massiven Betonwand wurde. Ich tauchte in das Wasser und die Wassermassen drückten auf mich ein. Ich spürte den salzigen Geschmack auf meiner Zunge, wollte sofort den Rucksack öffnen und das Atemgerät herausholen. Aber ich konnte nicht. Ich war gelähmt und gefangen in meinem Déjà-vu. Mein Fuß hing unbeweglich im Wasser. Die Luft wurde langsam knapp, doch ich beobachtete seelenruhig die Sonnenstrahlen auf der glitzernden Wasseroberfläche. Mein Haargummi hatte sich inzwischen gelöst und trieb im Wasser, entfernte sich aber zunehmend von mir, da ich immer tiefer sank. Ich überlegte, wie sich der Tod durch Ertrinken anfühlen würde. Denn, wenn ein Mensch unter Wasser geriet und es nicht schaffte die Oberfläche rechtzeitig wieder zu erreichen, dann ertrank er. Das war die nüchterne Realität.

Ich wusste, dass es 5 Stadien gab, die man durchlief. Das erste Stadium hatte ich bereits durchlaufen. Ausgelöst durch den Schreck, hatte ich beim Eintauchen reflexartig eine große Menge Luft eingeatmet. So war die Sauerstoffversorgung für einen kurzen Zeitraum gesichert. Sobald ich unter Wasser war, hatte ich die Luft angehalten. Der CO_2-Partialdruck im arteriellen Blut würde zunehmend steigen.

Im zweiten Stadium, würde durch einen unwillkürlichen zweiten Reflex meine Lunge versuchen gewaltsam zu atmen und Luft aufzunehmen. Doch da es keine Luft gab, würde Wasser in die Bronchien gelangen. Mein Zwerchfell würde krampfhaft kontrahieren und somit eine Mischung aus Wasser, noch übriger Luft und Sekret produzieren. Dieser weiße Schaum, würde über die Atemwege bis in meine Nase wandern.

Da ich noch bei Bewusstsein war, waren die nächsten Stadien offensichtlich noch nicht angebrochen.

Aufgrund der sinkenden Sauerstoffkonzentration würden meine Muskeln ebenfalls anfangen zu krampfen und ich würde bewusstlos werden. Die Hypoxie würde durch einen Laryngospasmus, also einen reflektorischen Stimmritzenkrampf, noch zusätzlich verstärkt werden - wobei dieser sich auch wieder lösen könnte.

In der letzten Phase würde dann meine Atmung aussetzen und mein Herz würde aufhören zu schlagen.

Doch all das beantwortete trotzdem nicht die Frage, was ich *fühlen* würde. Ich hatte mal gehört, dass es erst ein brennendes Gefühl in der Luftröhre gäbe, worauf paradoxer Weise ein Ruhegefühl folgen würde. Im Grunde kannte ich die Antwort auf meine Frage nicht, war aber auf dem besten Weg, sie mir bald selbst zu beantworten.

Ich musste an die Zeile *„No one told you when to run, you missed the starting gun"* aus Pink Floyds *"Time"* denken. Wie aus Trance erwacht, sah ich auf meinen Fuß. Es war nicht real. Es gab diesmal kein Kettchen an meinem Fuß. Ich konnte mich retten. Langsam begann ich zu realisieren, was gerade passierte.

Unbeholfen öffnete ich den Reißverschluss meines Rucksacks und umschloss das kleine schwarze Gerät fest mit meiner Hand. Anschließend nahm ich es in den Mund und atmete erleichtert auf.

Ein paar Sekunden lang verharrte ich so im Wasser, bis sich mein Herzschlag wieder etwas normalisiert hatte.

Ich hatte es geschafft. Wobei - was hatte ich eigentlich geschafft? Ich befand mich immer noch nicht in Sicherheit, ich hatte lediglich die unmittelbare Gefahr abgewendet. Außerdem hatte ich mein Zeitgefühl verloren und konnte überhaupt nicht einschätzen, wie viel Zeit seit dem Angriff vergangen war.

Ich wollte mir also als Erstes einen Überblick verschaffen und schauen, was sich oben abspielte. Deshalb schwamm ich etwas im Wasser und tauchte an veränderter Position kurz auf. Doch zurückblickend hätte ich das vielleicht lieber gelassen.

Nein, ich wurde nicht entdeckt. Aber ein kleiner Teil in meinem Inneren zerbrach, als ich sah, was sich an Bord der Yacht abspielte. Das Piratenboot entfernte sich in hohem Tempo von dem Luxusschiff. Die Angreifer waren in die Flucht geschlagen worden. Jack kam gerade die Treppe von den Kabinen hoch und umarmte Tyler, welcher Marcus zu sich rief. Unser Koch hatte nicht mehr die Maske und die schwarze Kleidung von eben an, sondern trug seine normalen Sachen. Er klopfte Tyler auf die Schulter.

Hatte ich mich so in Tyler getäuscht? Natürlich schwebte der Gedanke, dass er in die Sache verwickelt war, immer im Raum. Aber dass er so weit gehen würde, hätte ich nicht gedacht. Nicht, nach allem, was passiert war. War er es nicht gewesen, der mich nach der Explosion in meiner Kabine in Sicherheit gebracht hatte?

Außerdem war ich mir sicher, dass er versucht hatte, mir zu Hilfe zu eilen, als mich Marcus von der Reling warf. Oder hatte er das nur gespielt? Um nicht in Erklärungsnot zu kommen, falls etwas nicht klappen sollte?

Ich ging die letzten Tage in Gedanken durch und suchte nach Hinweisen. Dinge, die ich übersehen hatte. Dinge, die meine jetzige Lage hätten verhindern können.

Außerdem blieb die Frage, warum sie den Angriff inszeniert hatten? Wollten sie mich einschüchtern oder ganz aus dem Weg räumen? Ich erinnerte mich an den Schatten, der Aaron und mich belauscht hatte. Was, wenn Jack Bescheid wusste? Dann hätte er jeden Grund, uns loszuwerden. Und durch den Angriff, hätte er das perfekte Alibi, sobald unser Verschwinden untersucht werden würde. Aber trotzdem passte das alles nicht richtig zusammen. Warum sollte Jack so einen Aufwand betreiben? Er saß schließlich am längeren Hebel. Es war seine Yacht und seine Leute waren klar in der Überzahl. Außerdem hätte er selbst oder jemand von seiner Crew verletzt werden können. Abgesehen davon, hatte er die Akte ja schon in seinem Besitz und somit die Kontrolle. Das Chaos während des Angriffs war aus seiner Sicht eher kontraproduktiv.

Ich hielt Jack zwar verantwortlich für die Warnung in meiner Kabine, aber eigentlich nicht für den Piratenangriff. Dieser war zu unkontrollierbar, zu unpräzise. Er passte nicht zu Jacks sonstiger Vorgehensweise.

In meinem Kopf überschlugen sich die Gedanken. Aber eigentlich war mir das im Moment alles egal. Eigentlich wollte ich meine Energie für die relevanten Dinge sparen. Denn nicht, dass das alles schon schlimm genug wäre: Ich sah mich um und musste feststellen, dass die Realität erschreckend nass war.

Wasser. Wasser bis zum Horizont. Die Konsequenz war mir sofort bewusst. Es bedeutete, dass ich wieder zurück an Bord musste. Zumindest, wenn ich nicht vorhatte, den restlichen Weg bis zum nächsten Hafen zu schwimmen.

Ich wurde aus meinen Gedanken gerissen, denn plötzlich sah ich in einiger Entfernung Aaron im Wasser schwimmen. Schnell schwamm ich zu seinem leblos wirkenden Körper.

Als ich ihn endlich erreicht hatte, sah ich, dass er auf dem Bauch durch das Wasser schwamm. Dieses färbte sich unmittelbar in seiner Umgebung rötlich und ich spürte, wie mein Hals trocken wurde. Also fasste ich all meinen Mut zusammen und streckte meine Hand nach seinem Körper aus. Ich musste beide Hände nehmen, um ihn umzudrehen, da er relativ schwer war. Das erwies sich trotzdem immer noch als relativ schwierig, da ich selbst schwamm und inzwischen auch nicht mehr besonders viele Kraftreserven mobilisieren konnte. Während des Kampfes war mein Adrenalinspiegel extrem hoch gewesen und der Abfall der Hormonkonzentration machte sich inzwischen bemerkbar.

Ich startete noch ein paar vergebliche Versuche. Dann hielt ich kurz einen Moment inne und nahm nochmal alle Kräfte für einen letzten Versuch zusammen. Tatsächlich schaffte ich es, den Körper um 90 ° zu mir zu drehen. Sein Rücken zeigte nun in meine Richtung. Mit einem Ruck klatschte dieser mit einem großen Spritzer ins Wasser und Aaron lag endlich auf dem Rücken.

Danach war nur mein erstickter Schrei zu hören.

Kapitel 18

Er war tot. Auch wenn es nicht Aaron gewesen war, hatte ich soeben einen toten Piraten berührt. Sein Blut klebte an meinen Händen und seine glasigen Augen sahen mich an. Ein kalter Schauer lief mir über den nassen Rücken. Mir wurde schlagartig bewusst, dass es sich hier nicht um ein Spiel handelte. Die Akte war anscheinend so wertvoll, dass man dafür sogar bereit war, Leben aufs Spiel zu setzten.

Ich hatte zudem ein neues Problem. Denn durch meine Reaktion waren wahrscheinlich alle Lebewesen in einem Radius von 50 km auf mich aufmerksam geworden und selbstverständlich auch die Bordbesatzung. Notgedrungen bewegte ich mich also auf die Yacht zu.

Meine einzige Chance war, so zu tun, als hätte ich keine Ahnung, was passiert war. Ich würde behaupten, dass ich mich an den Kampf erinnere und dann daran, wie Tyler versucht hatte mir zu helfen, als mich der Pirat von Bord gestoßen hat. Dass ich vermutlich bewusstlos gewesen war, es aber geschafft hätte, wieder aufzutauchen und dann die Leiche entdeckte hätte. Ich hoffte nur, dass ich meine Geschichte überzeugend genug verkaufen würde. Denn sonst könnte der Aufenthalt an Bord ziemlich ungemütlich werden.

Die Yacht wirkte nun Ewigkeiten entfernt. Je näher ich kam, desto weiter schien sie. Die Kraft in meinen Armen ließ nach und ich wurde müde. Mit jeder Bewegung musste ich mich mehr anstrengen. Wozu eigentlich? Was sollte ich noch auf der Yacht? Mein Überlebensgeist begann zum zweiten Mal an diesem Tag zu schwinden und ich machte schließlich keine Bemühungen mehr mich zu retten.

So trieb ich leblos auf dem Wasser und sah mit halbgeschlossenen Augen zum blauen Himmel. Meine blonden Haare lagen wie Tentakel um meinen Kopf herum.

Ich regte mich nicht, als mich zwei Arme am Bauch fassten und aus dem Wasser zogen. Auch als ich völlig durchnässt auf dem Deck landete, war keine Regung zu erkennen.

Meine Haut war bleich und kalt. Man könnte meinen, ich sei tot, aber das war ich nicht. Unter meiner Kleidung, ganz tief in meinem Inneren, pochte mein Herz noch immer im Takt.

Eine Hand griff nach meinem Handgelenk und suchte einen Puls. Es dauerte ein paar Sekunden, bevor ein schwaches Pulsieren spürbar war. *Bum. Bum. Bum.*

Ich lebte also tatsächlich noch. Trotzdem bekam ich nicht mit, wie Jack sich zu Tyler wandte: „Keine Sorge. Ich übernehme ab hier." Mit diesen Worten verschwand er mit mir. Was Aaron währenddessen machte, war immer noch unklar.

Als ich wieder zu mir kam, saß ich auf einem so gar nicht glamourösen Holzstuhl. Meine Hände waren ebenso wie meine Füße gefesselt. Langsam begannen meine Augen sich zu erholen und ich sah mich um.

Zuerst versuchte ich trotz der engen Fesseln aufzustehen oder zumindest den Stuhl, an den ich gebunden war, zu bewegen. Leider waren die Fesseln so fest, dass weder das Eine, noch das Andere in entferntester Weise funktionierte. Lockern konnte ich die Schnüre auch nicht und da es keine Kabelbinder waren, konnte ich sie auch nicht durch einen gezielten Schlag zerbrechen. Ich brauchte also etwas, womit ich sie aufschneiden konnte.

Zu meiner Enttäuschung sah ich nichts, was ich dafür gebrauchen konnte. Mein Puls begann schneller zu werden. Ich wurde unruhig. Der Raum war grau gestrichen und wirkte sogar noch trostloser als der Holzstuhl. An der Decke hing eine alte Lampe, die unregelmäßig flackerte. *Na toll.* Jetzt würde ich auch noch Migräne bekommen.

In der Ecke stand ein großer Wassereimer und ich ahnte Schlimmes. Wollten sie mich foltern? *Selbst wenn.* Ich musste mir keine Gedanken machen - schließlich war ich gut ausgebildet. Aus mir würden sie nichts herauskriegen, dachte ich entschlossen. Aber was eigentlich herauskriegen? Ich wusste ja selbst nicht unbedingt viel. Nicht einmal, wie ich aus dem Meer auf diesem Stuhl gelandet war.

Ich hasste es unwissend zu sein. Es machte mich machtlos. Denn Wissen war Macht. Wenn ich etwas über eine andere Person wusste, sensible Information über sie besaß, konnte ich Macht über sie ausüben. Ohne sie zu verletzen, zu fesseln oder zu entführen. Ohne sie zu berühren. Ich musste nicht einmal im selben Raum sein. Es war eine alte Form von Kontrolle, die durch die digitalen Medien neue Dimensionen angenommen hatte bzw. in Zukunft noch annehmen würde.

Plötzlich wurde ich aus meinen Gedanken gerissen, als sich der Türknauf Millimeter für Millimeter nach rechts drehte. Mein Blick fokussierte sich schlagartig auf die Tür und ich hielt unbewusst die Luft an.

Schließlich war der Messingknauf ganz nach rechts gedreht und die Tür öffnete sich einen Spalt. Groß genug, dass etwas Licht in meine Kammer fiel. Schmal genug, dass ich nicht sehen konnte, *wer* die Tür soeben geöffnet hatte.

Doch dann kam ein Tattoo zum Vorschein und mein Griff verkrampfte sich. *Sofern das möglich war, wenn man gefesselt war.*

Tyler schloss die Tür hinter sich und kam mit leisen Schritten auf mich zu. Als er sich vor mir hinkniete, drehte ich meinen Kopf zur Seite, um ihn nicht ansehen zu müssen. Dabei fiel das Licht der Deckenlampe auf meine Wange und rote Kratzer kamen zum Vorschein. Tyler hob seine Hand und strich über die Wunden, schenkte mir aber sonst kaum Beachtung. Dann löste er meine Handfesseln. Als ich sicher war, dass ich frei war, hob ich meine Hand und verpasste ihm eine Ohrfeige.

Tyler rieb sich über die rote Wange.

„Womit hab' ich die verdient? Ich versuche schließlich gerade dir zu helfen, Jade."

„So wie ich das sehe, arbeitest du mit denjenigen zusammen, die dafür verantwortlich sind, dass mir überhaupt geholfen werden muss. Wie konntest du mich so hintergehen?"

„Wieso *ich*? Du warst doch nicht ehrlich zu *mir*, oder?", stellte Tyler fest.

Ich setzte zu einer Standpauke an, doch Tyler war schneller: „Bevor du fragst, ich habe keine Ahnung, was genau hier vor sich geht. Ich will es auch nicht wissen. Ich weiß nur, dass mein Onkel mich nach Ewigkeiten mal wieder zu einem Segelurlaub eingeladen hat. Und dass er in Besitz von etwas ist, das du bekommen möchtest."

„Nur, weil ich nicht ganz die Wahrheit gesagt habe, was den Grund meines Urlaubs angeht, ist das noch lange kein Grund, mich zu fesseln", erwiderte ich.

„Jack hat gesagt, du wärst am Angriff der Piraten Schuld. Dass du ihnen unsere Koordinaten verraten hättest, als du damals alleine in dem Hafen unterwegs warst. Und dass du das Durcheinander nutzen wolltest, um Dokumente zu stehlen."

Ich war völlig perplex über seine Aussage: „Ich habe bitte was gemacht?!"

Tyler ignorierte meine rhetorische Frage. Ich war mir nicht einmal sicher, ob er sie registriert hatte.

„Du weißt, was ich hiermit riskiere. Jack ist mein Onkel, meine Familie. Ich hintergehe ihn, indem ich dir helfe."

„Ich habe nichts gemacht, Tyler! Wie kommt Jack darauf?", fragte ich fassungslos.

„Du bist doch wegen irgendwelchen Dokumenten hier, oder?", fragte Tyler.

„Ja, schon", gab ich zu.

„Du musst zugeben, dass die Theorie schlüssig klingt. Außerdem wurde Jack erzählt, dass du während des Angriffs seine Kabine durchsucht hast", Tyler sah mich prüfend an.

„Wer hat das behauptet?", ich zog meine Augenbrauen zusammen.

„Marcus."

Auf dem Gang waren dumpfe Geräusche zu hören. Es waren entfernte Schritte.

„Wir müssen los, Jade. Wir haben jetzt keine Zeit, das zu klären", flüsterte Tyler mir zu.

Er legte seinen Arm unter meine Beine und hob mich aus dem Stuhl. Wenige Minuten später stand ich unter freiem Himmel. Es war inzwischen Nacht geworden und die Yacht lag in einem Hafen.

„Hier ist die Adresse von einem Hotel im Ort. In dem Rucksack sind etwas Geld, dein Handy und dein restliches Zeug." Tyler setzte mir den Rucksack auf.

Ich wusste, dass es eine Art Abschiedsgeschenk war. Auch wenn mir der Rucksack natürlich schon gehörte.

„Tyler, ich schwöre dir, dass ich nichts mit dem Angriff zu tun gehabt habe. Ja, ich wollte diese Dokumente zurückbekommen, aber doch nicht auf so eine Weise. Außerdem ist dein Onkel derjenige, der sie gestohlen hat. Ich will sie lediglich ihren rechtmäßigen Besitzern zurückgeben."

„Ich weiß, dass mein Onkel keine weiße Weste hat", sagte Tyler knapp. „Du solltest gehen, bevor dich jemand sieht."

„Ich muss wissen, dass du mir glaubst", ich ignorierte seine Aufforderung.

Tylers Gesichtszüge wurden etwas weicher. Er lächelte halbherzig.

„Wenn ich dir nicht glauben würde, würdest du immer noch in der Kammer sitzen."

Ich ging auf ihn zu und umarmte ihn. Tyler erwiderte meine Umarmung. Hinter ihm bewegte sich etwas auf der Yacht. Tyler löste sich und machte sich auf den Rückweg.

„Warte, ich muss dir noch etwas sagen", warf ich ein.

„Egal was es ist, es ist vermutlich besser, ich weiß es nicht", entgegnete Tyler.

„Nein, warte! Ich habe noch eine Frage." Tyler reagierte nicht. „Wo ist Aaron?", rief ich ihm nach.

Aber Tyler hörte mich schon nicht mehr. Ich sah ihm nach. Ich wollte ihm erklären, was mir eben während unseres Gesprächs klar geworden war: Marcus steckte hinter dem Angriff.

Er hatte mit den Piraten zusammengearbeitet und dann den Verdacht auf mich gelenkt. Nicht *ich* war der Verräter, sondern er.

Marcus war wahrscheinlich von Anfang an in Jacks Pläne eingeweiht gewesen und wusste daher über die Akte Bescheid. Ich hatte schon die ganze Zeit über vermutet, dass er Jacks Komplize war. Vermutlich wollte er die Akte für sich selbst und wollte das Chaos nutzen, um sie sich zu beschaffen.

Die Aktion schien nicht erfolgreich gewesen zu sein. Als ich Jack vom Wasser aus an Bord gesehen hatte, wirkte er nicht sonderlich beunruhigt, obwohl er aus den Kabinen kam. An seiner Stelle, hätte ich nach einem Angriff als erstes gecheckt, ob das Wertvollste an Bord noch da war. Das dürfte in diesem Fall die Akte sein. Genug Zeit um nachzusehen, wäre, der Entfernung des Piratenboots nach, zu diesem Zeitpunkt bereits vergangen gewesen. Ich ging davon aus, dass Marcus es also nicht geschafft hatte, die Akte zu bekommen und Jack sie noch immer in seinem Besitz hatte.

Der Angriff war eine gute Tarnung, darin hatte ich Recht behalten. Nur eben nicht für Jack, um uns loszuwerden, sondern für Marcus, um unbemerkt die Akte zu stehlen. Marcus konnte nun so tun, als sei nichts passiert.

Ich glaubte nicht, dass er einen weiteren Versuch unternehmen würde, seinen Partner zu hintergehen. Einerseits, weil ich (als sein Sündenbock) nun nicht mehr an

Bord war und er mir nicht mehr die Schuld geben könnte. Andererseits, weil zwei Angriffe innerhalb weniger Tage zu auffällig wären. Jack würde sicher misstrauisch werden. Und er war nicht die Art von Mann, dessen Misstrauen man wecken wollte. Es wunderte mich, dass Marcus es überhaupt einmal riskiert hatte.

Es war inzwischen dunkel geworden und nach einigen Umwegen hatte ich ein passendes Hotel gefunden. Es war natürlich *nicht* die Adresse, die Tyler mir gegeben hatte. Das Hotel, vor dem ich jetzt stand, war eine ziemlich schäbige Unterkunft. Ich hoffte, dass es der letzte Ort wäre, an dem Jack nach mir suchen würde. Selbst wenn er das Hotel finden würde, würde er vermutlich trotzdem keinen Fuß hineinsetzen.

Das Hotel hatte wie erwartet noch viele Zimmer frei und ich erhielt ohne Probleme einen der rostigen Zimmerschlüssel. Nach der Schlüsselübergabe, musste ich eine alte Holztreppe hochlaufen, um zu dem Zimmer zu gelangen. Es war kaum groß genug, dass das Bett und ein kleiner Holzschreibtisch Platz hatten.

Erschöpft warf ich mich auf die Matratze. Diese Entscheidung bereute ich sofort, da ich in eine Staubwolke eingehüllt wurde und ernsthaft fürchtete zu ersticken.

War Aaron noch an Bord? Ich wunderte mich, dass ich Tyler nicht früher nach ihm gefragt hatte. Aber meine höchste Priorität war zunächst gewesen, mich selbst in Sicherheit zu bringen. Nicht aus egoistischen Gründen.

Also, zumindest nicht nur. Ich konnte Aaron nur helfen, wenn ich selbst keine Hilfe brauchte und in Sicherheit war.

Meine Gedanken wechselten das Thema. Was würde Tyler seinem Onkel sagen, wenn dieser mein Verschwinden bemerken würde? In Gedanken ließ ich die letzten Tage Revue passieren. Unsere Ankunft, Rileys Abreise und Aarons Ankunft, die Sprengladung in meinem Zimmer, Jacks Telefonat...JACKS TELEFONAT!

In der Aufregung hatte ich komplett meine Mission vernachlässigt und das Telefonat schon fast vergessen. Ich hatte das Gefühl versagt zu haben. Was hatte ich bis jetzt herausgefunden? Quasi nichts. Aber es war noch nicht zu spät.

Hektisch suchte ich nach meinem Handy und schaute in meinen Kalender. Die Übergabe müsste übermorgen stattfinden. Den Hafen hatte Jack während seines Telefonats zwar nicht erwähnt, aber ich hatte noch am selben Tag im Reisebordcomputer nachgeschaut, was die nächsten Ziele sein würden. Nach dem Ausschlussprinzip ergaben sich damals nur zwei mögliche Häfen. Wenn ich aber berücksichtigte, dass sie den Hafen innerhalb von zwei Tagen erreichen mussten und diesen Ort passiert hatten, hatte ich mein Ziel. Zwei Tage waren trotzdem wenig Zeit.

Schnell schnappte ich mir meine dünne Jacke, zog sie über, schloss mein Zimmer ab und lief zur Rezeption. Dort fragte ich nach einer Mitfahrgelegenheit zu dem besagten Hafen. Glücklicherweise gab es eine direkte Busverbindung. Zufrieden lief ich wieder zu meinem Zimmer und schloss von innen ab. Nachdem ich ein kurzes Telefonat geführt hatte und meine Zähne geputzt waren, schlüpfte ich - trotz des Staubmantels - hundemüde unter die Bettdecke und schloss meine Augen.

Am nächsten Morgen konnte ich zu meinem Bedauern nicht ausschlafen, da die Abfahrtszeit schon 9:00 Uhr morgens war. Das mag zwar nicht besonders früh klingen, war aber auch nicht spät, wenn man bedenkt, dass ich erst mitten in der Nacht das Hotel gefunden hatte.

Ich packte also meine wenigen Sachen in meinen Rucksack und machte mich fertig. Nachdem ich das Zimmer verlassen hatte, wollte ich wenigstens noch etwas frühstücken.

Im Frühstücksraum war es bis auf ein älteres Ehepaar leer. An einer Art „Buffet" suchte ich mir mein Frühstück zusammen und setzte mich dann in die Nähe des Paares. Auf dem Weg zu meinem Platz schnappte ich mir noch schnell eine Zeitung. Es war keine der regionalen, indonesischen Tageszeitungen, sondern erstaunlicherweise eine internationale Zeitung auf Englisch.

Während ich meinen Kaffee trank, begann ich, die erste Seite der Zeitung zu lesen. Irgendwann war ich bei den Todesanzeigen angelangt, welche ich eigentlich gerne übersprang, da ich mich lieber mit Leuten beschäftigte, die noch am Leben waren.

Doch diesmal brachte mich irgendetwas dazu, die Seiten zu überfliegen. Plötzlich blieb mein Blick an einem Namen hängen und ich spuckte meinen Kaffee fast über den kompletten Tisch. Ich musste heftig husten und das Ehepaar sah mich entgeistert an. Was die Beiden über mich dachten, war mir gerade aber relativ egal. Ich war so geschockt, dass ich den heißen Kaffee auf meinen Händen überhaupt nicht bemerkte und erst Sekunden später meine Hand zurückzog und meinen Tasseninhalt aufwischte.

Kapitel 19

Die eigene Todesanzeige zu lesen, war ein komisches Gefühl. Unwirklich. Ein „Privileg", das vermutlich nicht vielen Menschen zuteil wurde.

Ich konnte das alles einfach nicht glauben. Sofort hatte ich den Verdacht, dass die Anzeige von Jack stammte. Er muss es irgendwie geschafft haben, das Ganze von Bord aus zu organisieren. Eine erneute Bestätigung für mich, dass entweder Jack selbst oder Jared Stone Kontakte zur internationalen Presse hatten. Vielleicht war es nur eine Stichelei von ihm. Als Rache dafür, dass ich ihn belogen hatte. Oder wieder eine seiner Warnungen, damit ich mich von nun an aus seinen Angelegenheiten raushalten würde. Vielleicht spekulierte er auch darauf, dass jemand aus meinem Internat die Zeitung lesen würde. Mit so einer Aktion könnte er zeigen, dass er die Kontrolle hatte und nicht Mister Scout. Es könnte eine Art Machtkampf sein. Trotzdem durfte ich mich davon jetzt nicht aus dem Konzept bringen lassen.

Nach dem (für mich doch ziemlich peinlichen) Frühstück verließ ich das Hotel. Ich hatte mir den Weg zur Busstation beschreiben lassen und fand sie in der kleinen Stadt schnell. Der Bus kam halbwegs pünktlich; einen halben Tag später war ich an meinem Ziel angekommen und bereitete mich dort auf den morgigen Tag vor. Die Nacht verbrachte ich in einem kleinen Hotel, ähnlich dem im Ort zuvor. Am Abend war ich früh schlafen gegangen, sodass ich am nächsten Morgen ausgeruht aufwachte.

Die genaue Uhrzeit kannte ich zwar nicht, ging aber davon aus, dass die Übergabe früh morgens oder abends stattfinden würde. Es war nervig, weil ich mir sicher war, dass die Übergabe heute stattfinden würde, aber ich trotzdem den ganzen Tag bereit und vor Ort sein musste, da ich ja nicht *genau* wusste, wann Jack und Jared kommen würden.

Ich musste schmunzeln, als ich realisierte, dass ich genauso gut über einen Handwerkertermin sprechen könnte. Über diesen Gedanken musste ich erneut schmunzeln. Es war interessant, wie das menschliche Gehirn in einer solchen Ausnahmesituation ausgerechnet an die alltäglichsten Dinge dachte.

Natürlich kannte ich auch keinen genauen Treffpunkt, wusste aber, dass Jack den Ort zwangsläufig über den Hafen erreichen müsste. Ich würde ihm folgen, sodass er mich - soweit der Plan - zu Jared führen würde.

Der Ort an sich, war etwas größer und moderner als die meisten anderen Häfen, an denen wir während unserer Reise gelegen hatten. Direkt nach meiner Ankunft hatte ich nach einem passenden Ort zum Warten gesucht. Glücklicherweise war ich schnell fündig geworden. Es gab direkt am Hafen ein altes Geschäft mit ungenutzter Dachterrasse. Die freundliche Besitzerin hatte kein Problem damit, dass ich den Tag über dort oben blieb. Ich erzählte ihr einfach, ich suche einen ruhigen Ort zum Lernen. Sie willigte ein, sofern ich keinen Lärm machen würde und erzählte mir prompt von ihren Enkeln, die sich früher auch oft dorthin zurückgezogen hatten. Ich versuchte das Gespräch schnellstmöglich zu beenden, ohne unhöflich zu wirken. Der Vorteil der Dachterrasse war, dass eine Wendeltreppe direkt vom Hintereingang des Ladens dort hoch führte. Ich könnte also innerhalb kürzester Zeit wieder unten sein, sobald ich Jack entdecken würde.

Als ich auf dem Dach angekommen war, sah ich mich stolz um. Es war der ideale Ort. Ich hatte gute Sicht auf die Hafeneinfahrt und keiner würde mich hier stören. Dennoch bot eine Mauer genug Schutz, sodass ich unentdeckt bleiben konnte.

Gespannt legte ich mich also auf die Lauer und begann zu warten. Ich wartete Minuten. Dann Stunden. Irgendwann verlor ich das Zeitgefühl. Nur meine Uhr sorgte dafür, dass ich den Überblick behielt. Irgendwann fing ich an, mich immer wieder selbst zu ermahnen, die Augen offen zu halten, während ich eisern auf den Hafen starrte. Am Nachmittag begann ich mich zu fragen, ob mir ein Fehler unterlaufen war. Was, wenn der Zeitpunkt geändert wurde? Oder ich mich beim Hafen geirrt hatte? Doch ich vertraute auf mein Bauchgefühl und wartete weiter. Und ich wurde belohnt.

Denn tatsächlich, gegen Abend, tauchte Jack auf. Er überquerte gerade den Marktplatz am Hafen, als ihn ein fremder Mann ansprach. Es sah so aus, als würde er ihn nach dem Weg fragen. Jack konnte ihm, zu meiner Überraschung, tatsächlich weiterhelfen. Er deutete auf die Karte, die der Tourist in der Hand hielt. Dieser bedankte sich und versank konzentriert in seiner Karte, während Jack seinen Weg fortsetzte.

Als Jack sich in Richtung seines ursprünglichen Weges umdrehte, sah ich für einen kurzen Moment etwas aus der Innenseite seiner Jackentasche blitzen. Ich wusste dank des aufwändigen Trainings sofort, worum es sich handelte. Tausendmal hatte ich mir Bilder davon aus allen möglichen Winkeln angesehen.

Obwohl ich mich voll und ganz auf Jack konzentrierte, entgingen mir nicht zwei weitere Personen, die im Schatten der Hafenkisten getrennt voneinander das Geschehen beobachteten. Bedauerlicherweise konnte ich sie von meiner Position aus jedoch nicht identifizieren.

Leise zog ich mich also vom Dach zurück und lief die Treppe herunter, um Jack zu folgen. Auf meinem Weg hinaus entdeckte ich einen leeren, beigen Briefumschlag, der mich sofort an die eben gesichtete Akte erinnerte. Ich schnappte ihn mir kurzerhand, da er möglicherweise noch als Ablenkung nützlich sein könnte. Als Entschädigung für die alte Dame ließ ich ein paar indonesische Banknoten zurück.

Als ich das Geschäft unbemerkt durch den Hintereingang verließ, bemerkte ich nicht, dass die beiden anderen Beobachter exakt dasselbe vorhatten.

Ohne Zwischenfälle folgte ich Jack durch unzählige Straßen und Gassen. Wir überquerten sogar ein paar Brücken. Anfangs versuchte ich den Überblick über unsere Route zu behalten, gab dieses Vorhaben aber irgendwann auf. Es war wichtiger, ihn nicht zu verlieren, was ein paar Mal fast passiert wäre. Wenn ich den Übergabeort erreichen und die Akte bekommen würde, wäre alles andere egal.

Nach einer gefühlten Ewigkeit begann Jack langsamer zu werden. Er sah sich an einer Kreuzung unauffällig um, bevor er in eine kleine Seitenstraße einbog. Vorsichtig und mit etwas Abstand folgte ich ihm. Es war eine Straße, die direkt zu einem großen Gebäude führte.

Als ich näher kam, konnte ich erkennen, dass es sich um eine alte Fabrik oder eine Lagerhalle handeln musste. Manche der Fenster waren mit Holzbrettern zugenagelt, der Putz blätterte an vielen Stellen ab. Jack öffnete die Eisentür und verschwand im Gebäude. Ich folgte ihm, bis ich vor der Tür stand. Ich streckte meine Hand nach dem Griff aus.

Es war ein Risiko, die Tür zu öffnen. Ich hatte keine Ahnung, ob Jack dahinter lauerte. Vielleicht hatte er mich bemerkt und das war eine Falle? Ich hatte keine Wahl. Ich umgriff den Knauf und zog daran. Mit einem kaum hörbaren Knarren öffnete sich die Tür, während ich den Atem anhielt. Als sie weit genug geöffnet war, schlüpfte ich hindurch und schloss sie leise wieder. Erst dann traute ich mich, mich umzudrehen.

Niemand.

Ich war immer noch unbemerkt geblieben.

Die Lagerhalle bestand aus mehreren Stockwerken, die durch breite Treppen mit heruntergekommenen Metallgeländern miteinander verbunden waren. Die Wände waren mit Graffiti besprüht und einige der Fenster eingeschlagen. Ansonsten war alles vollkommen leer. In einer Ecke sah ich gerade noch Jacks Schatten, der im nächsten Raum verschwand. Wieder folgte ich ihm und fand mich in einem besonders großen Raum der Halle wieder. Ich ging in die Hocke und versteckte mich hinter einem Metallfass. Jack lief eine kleine Treppe hinunter und ging auf die Mitte des Raumes zu. Dann blieb er stehen. Wenige Sekunden später trat eine zweite Person dazu. Jared.

Ich staunte nicht schlecht, als ich realisierte, dass es der Tourist vom Marktplatz gewesen war. Selbstverständlich hatte ich ihn nicht erkannt, weil ich nie ein Foto oder eine äußerliche Beschreibung von Jared Stone hatte. Er war nur ein Name gewesen, zu dem jetzt ein Gesicht dazugekommen war. Wobei ich nicht viel erkennen konnte, da er dieselbe matschgrüne Kappe trug wie zuvor, die sein Gesicht teilweise verdeckte.

Als Jack ihm etwas auf der Karte gezeigt hatte, hatte er ihm nicht den Weg erklärt, sondern ihm ihren Treffpunkt verraten.

Es war clever.

Auf diese Weise hinterließen sie keinerlei Spuren.

Während ich gebannt die Szene vor mir beobachtete, wurde meine Aufmerksamkeit auf etwas anderes gelenkt. Es war noch eine weitere Person im Raum.

Ich ließ meinen Blick über die ganze Halle schweifen. Und wie vermutet, blieb er nicht nur an einer, sondern auch noch an einer zweiten zusätzlichen Person hängen. Ich war mir sicher, dass es die Personen von vorhin waren, die ich bemerkt hatte. Die Situation war also genau so, wie zuvor am Hafen. Wir hatten Jared und Jack sowie (mich eingeschlossen) drei unabhängige Beobachter.

Mit einem Unterschied. Diesmal konnte ich die zwei unbekannten Beobachter erkennen.

Kapitel 20

Connor und Aaron. Das waren die zwei Unbekannten. Mit Connor hatte ich gerechnet. Nachdem ich mich vor wenigen Tagen von Tyler verabschiedet hatte und in dem Hotel angekommen war, benachrichtigte ich das Internat. Ich hatte eine Nummer, über die ich Mister Scout direkt erreichen konnte.

Ich berichtete ihm von dem Angriff, meiner aktuellen Situation und Aarons Verschwinden. Es überraschte mich, wie viel Anstrengung es mich kostete, um nicht zu aufgewühlt zu klingen, als ich über Aaron berichtete. Mister Scout genehmigte meinen Wunsch, den Auftrag trotz der unglücklichen Umstände zu beenden. Aber er willigte nur unter einer Bedingung ein. Er würde mir einen neuen Partner als Verstärkung schicken. Dieser Vorschlag machte natürlich Sinn und ich war dankbar für jede Unterstützung. Andererseits wollte ich keinen „neuen" Partner haben, weil es sich anfühlte, als würde ich meinen alten aufgeben. Ich realisierte, dass es obendrein bereits der dritte wäre. Anscheinend hatte ich einen hohen Verschleiß.

Als Mister Scout mir den Namen meiner Verstärkung nannte, war ich nicht überrascht. Aber ich wusste, dass seine Wahl, falls Aaron doch noch auftauchen sollte, für Ärger sorgen würde.

Mister Scout wollte Connor schicken.

Obwohl ich mich mit all meinen Gedanken auf die bevorstehende Übergabe konzentrierte und ich absolut fokussiert sein wollte, musste ich zugeben, dass sich eine angenehme Wärme in mir ausbreitete, als ich Aaron sah. Mit ihm hatte ich nämlich nicht gerechnet.

Er lebte.

Natürlich freute ich mich, ihn zu sehen, aber ich musste jetzt professionell sein. Vor allem aber, musste ich näher an die vier Personen heran.

Vorsichtig kroch ich zwischen den Metallfässern hindurch und erreichte schließlich die Treppe. Bevor ich weiterging, sah ich mich erneut um und kontrollierte meine Umgebung. Connor und Aaron hatten ihre Position nicht verändert. Sie warteten genau wie ich auf den richtigen Moment. Jack und Jared unterhielten sich noch. Es wirkte so, als würden sie Details ihres Deals besprechen.

Als ich gerade auf die erste Stufe der Treppe steigen wollte, merkte ich, wie sich etwas Schweres aus meinem Rucksack löste. Stück für Stück rutschte der Gegenstand heraus. Ich streckte meine Hand schnell nach der Sache aus, die nur noch wenige Zentimeter vom Boden entfernt war und meine Deckung verraten würde.

Als ich meine Augen öffnete, hielt ich meine Sonnencreme in der linken Hand. Mit der rechten stützte ich mich auf der Stufe ab. Ich hatte es noch rechtzeitig geschafft. *Ausgerechnet die Sonnencreme.* Ich schüttelte innerlich den Kopf.

Schnell packte ich sie in den Rucksack zurück und schloss den Reisverschluss - diesmal richtig.

Als ich unten angekommen war, wusste ich, dass es langsam ernst wurde. Jack hatte die Hand bereits an seiner Jacke. Gleich würde er die Akte herausholen. Das konnten wir alle sehen. Connor, Aaron und ich. Es ging nur darum, wer den ersten Schritt machen würde.

Ich hatte einen Vorteil. Denn ich wusste über die anderen Bescheid und konnte die ganze Situation überblicken. Ich hatte **alle** Informationen. Und genau deshalb, würde ich *nicht* die erste sein, die eingriff. Denn ich wollte meinen Vorteil so lange wie möglich behalten.

Jack fasste behutsam in seine Jackentasche. Dann holte er die Akte hervor. Deutlich konnte ich das Symbol in der Mitte erkennen. Er umfasste sie mit beiden Händen und sah Jared mit durchdringendem Blick an.

Jetzt.

Jetzt, war der Zeitpunkt einzugreifen.

Aaron hatte sich unbemerkt hinter Jack positioniert und warf einen Stein hinter Jared. Dieser drehte sich wie erwartet um und folgte mit seinem Blick dem Stein und den dadurch verursachten Geräuschen. Es war ein simples Manöver für das sich Aaron entschieden hatte, aber dennoch sehr effektiv.

Aaron schoss lautlos aus seiner Deckung hervor und versetzte Jack einen Tritt in die Kniekehle. Dieser sackte überrumpelt zusammen. Während er noch realisieren musste, was gerade passierte, packte ihn Aaron bereits und zog ihn nach hinten. Eine Hand bedeckte Mund und Nase, die andere war an der Akte und fixierte Jacks Schultern eng an dessen Körper.

Alles in mir brannte danach, Aaron zur Hilfe zu eilen. Doch ich wollte noch etwas warten und sehen, was sein Plan war.

Jared hatte Aaron inzwischen bemerkt und lief mit großen Schritten auf ihn zu. Als er ihn fast erreicht hatte und ich längst aufgestanden war - bereit um loszurennen - löste Aaron für einen Moment die Hand über Jacks Mund. Dieser schnappte atemlos nach Luft. Aaron richtete seine Hand indessen blitzschnell auf Jareds Gesicht. Wie aus dem Nichts, kam ein Sprühstrahl zum Vorschein und Jared schrie schmerzerfüllt auf. Er muss eine Art Pfefferspray oder Tränengas ins Gesicht bekommen haben. Sein orientierungsloses Taumeln ließ mich vermuten, dass seine Sicht vernebelt war.

Jack nutzte Aarons geteilte Aufmerksamkeit und versuchte sich zu wehren. Er war zwar offensichtlich nicht so ausgebildet wie Aaron, aber als sportlicher erwachsener Mann nicht zu unterschätzen.

Jack drehte sich aus Aarons Griff. Holte sofort zu einem Schlag aus. Er zielte auf Aarons Bauch und drehte die Hand um 180 Grad kurz bevor sie mit schmetternder Wucht seinen Gegner traf. Aaron stöhnte auf. Der Schwung des drehenden Armes erhöhte die Geschwindigkeit des Schlages. Außerdem konzentrierte sich die Schlagfläche auf die ersten zwei Handknöchel. Dadurch wurde die Wucht des Schlages zusätzlich vergrößert. Offensichtlich war Jack besser ausgebildet, als ich dachte.

Aaron taumelte zurück. Er hatte die Akte im Schreck losgelassen. Jack gab ihm keine Zeit, sich zu erholen. Er sprang auf Aaron zu. Dieser holte zu einem Schlag aus, um seinem Gegner zuvorzukommen, den Jack aber erfolgreich abblockte. Schnell realisierte ich, dass der erste Schlag nur eine Ablenkung gewesen war. Denn jetzt zielte Aaron auf Jacks Kehlkopf. Dieser hatte den zweiten Schlag nicht erwartet. Ich konnte deutlich sehen, wie ihm die Luft wegblieb. Doch noch während er röchelte und hustete, wanderte Jacks Hand in seine Jacke.

Es war zu spät. Ich rannte sofort los, aber ich würde nicht rechtzeitig ankommen. Nach einem besonders gequälten Röcheln, zog er blitzschnell das kleine Messer hervor und ging erneut auf Aaron los. Dieser konnte sich zwar bei den ersten Hieben geschickt wegducken, musste aber immer weiter zurückweichen.

Als Jack zum nächsten Messerhieb ansetzte und Aaron gerade erneut ausweichen wollte, stolperte er über eine kleine Unebenheit am Boden. Klein, aber hoch genug, um ihn zu Fall zu bringen.

Aarons Kopf schlug leicht auf dem Asphaltboden auf und Jack begann schadenfroh zu lächeln. Im Nullkommanix saß er auf dem wehrlosen Aaron. Er klemmte dessen Oberschenkel zwischen seinen Knien ein und drückte seine Schultern mit beiden Händen auf den Boden. Ich war immer noch weit entfernt.

Als er sich sicher war, dass er Aaron im Griff hatte, nahm Jack das Messer in die Hand. Aaron begann sich wild zu wehren und schaffte es sogar, Jacks Griff etwas zu lockern. Dieser musste sein ganzes Körpergewicht nutzen, um Aaron am Boden zu halten, welcher aus dieser Position kaum etwas tun konnte, um sich zu befreien. Als er dennoch erneut versuchte Jack von sich herunterzubewegen, drückte dieser Aarons linke Schulter mit voller Wucht auf den Boden zurück. Fatalerweise hatte er ausgerechnet in der rechten Hand das Messer, welches bei dieser Aktion Aarons Arm streifte. Er seufzte laut auf. Ich sah, wie Blut auf den Boden tropfte und rannte schneller.

Aber Jack hatte nicht vor, auf mich zu warten. Er holte zum entscheidenden Hieb aus. Aaron wusste, was jetzt folgen würde.

Ich schrie auf.

Doch Jack beachtete mich nicht.

Aaron drehte seinen Kopf in meine Richtung und schloss die Augen.

Kapitel 21

Ich rannte so schnell ich konnte, hatte aber das Gefühl, immer noch ewig entfernt zu sein. Jacks Arm bewegte sich wie in Zeitlupe auf Aaron zu.

Viele Gedanken gingen mir in diesen Millisekunden durch den Kopf. Aber *ein* egoistischer Gedanke ließ alle anderen in den Hintergrund treten. Ich wusste, dass ich Aaron - wenn er gleich sterben würde - nie die Wahrheit sagen könnte. Zu keinem Zeitpunkt hatte ich mit dem Gedanken gespielt, das jetzt schon zu tun. Trotz der Gewissensbisse. Doch jetzt, in diesem Moment, wollte ich ihm alles erzählen. Doch ich würde keine Chance mehr dazu bekommen. Und ich musste mit diesem Wissen leben. Mit dem Wissen, dass ich ihn belogen hatte und mit dem Wissen, dass ich seinen Tod hätte verhindern können, wenn ich dem *einen* entscheidenden Moment eine andere Wahl getroffen hätte. Auch, wenn ich noch immer zu meiner Entscheidung stand.

Jacks Hand mit dem Messer hatte Aaron fast erreicht, als der Schlag abgeblockt wurde. Eine starke Hand befand sich zwischen Aaron und Jacks Griff. Und damit zwischen Aarons Überleben und seinem Tod.

Connor.

Er stieß Jack von Aaron herunter, welcher sofort zur Seite kroch. Ich blieb stehen. Connor kämpfte mit Jack, während Aaron im Hintergrund aufstand. Ich konnte den Konflikt in seinem Gesicht erkennen. Connor hatte ihm soeben das Leben gerettet. Aber soweit Aaron wusste, konnte er Connor nicht trauen.

Connor war zwar eindeutig besser ausgebildet als Jack, welcher offenbar dennoch ein paar Dinge in Sachen Kampfkunst und Selbstverteidigung draufhatte, aber sein Gegner hatte ein Messer. Das änderte das Kräftegleichgewicht enorm. Connor warf Aaron einen auffordernden Blick zu. Dieser zögerte, doch dann rannte er Connor zur Hilfe. Sie würden zu zweit schon mit Jack fertig werden. Meine Sorge galt Jared. Ich blickte mich hektisch um. Er war nicht zu sehen.

Plötzlich sah ich eine Bewegung im Augenwinkel und machte mich auf den Angriff bereit. Jared tauchte aus seinem Versteck auf und rannte entschlossen los.

Doch er rannte nicht auf mich zu. Sondern auf Jack.

Als er ihn fast erreicht hatte, sah ich, wie Jack ihm etwas zuwarf. Es war nicht die Akte, sondern viel kleiner. Ein Stick. Die anderen bemerkten Jared gar nicht. Den Stick ebenso wenig.

Es hatte mich schon gewundert, dass Jack die Infos und Beweise nur in Form der Akte bei sich trug. Ich hätte auf jeden Fall eine Sicherheitskopie gemacht. Und das hatte er auch.

Jared machte sich sofort auf den Weg zu verschwinden. Ich stürmte auf ihn zu und blockierte ihm den Weg. Er war kurz erstaunt, fasste sich aber schnell wieder. Ohne zu zögern, holte er zu einem Schlag aus. Ich drehte mich geübt zur Seite und stand jetzt hinter Jared. Dieser drehte sich stürmisch um. Doch ich war inzwischen zum Angriff übergegangen. Ich drehte mich auf meinem linken Bein und rammte meinen Schuh in Jareds Bauch, direkt unter das Sternum. Seine Reaktion zeigte mir, dass ich seinen Solarplexus, ein vegetatives Nervengeflecht des Bauchraumes, getroffen hatte. Mein Gegner wurde sofort manövrierunfähig und seine Atmung stockte für einen Moment.

Durch den Schlag kam es zu einer überschießenden Reaktion von Jareds Körper. Durch eine Weitstellung der Gefäße im Bauch, floss kurzzeitig weniger Blut zum Herzen zurück. Außerdem schlug das Herz langsamer. Die Kombination aus beiden Mechanismen sorgte wiederrum für eine Unterversorgung des Gehirns mit Blut, was den Schwindel und die Benommenheit erklärte.

Ich musste meinen Angriff zu Ende bringen und zielte auf seine Schläfe. Er wehrte sich nicht einmal groß, da er immer noch benommen war und sackte auf dem Boden zusammen.

Der Stick war während des Kampfes auf den Boden gefallen. Jetzt waren nur noch Einzelteile davon übrig. An meinen Schuhen fanden sich Plastiksplitter im Profil der Sohle. Ich war während des Kampfes darauf getreten.

Ohne Zeit zu verschwenden, wandte ich mich Aaron, Connor und Jack zu. Aaron hatte es irgendwie geschafft, die Akte in die Hände zu bekommen, während Connor noch mit Jack kämpfte. Connor gewann inzwischen eindeutig die Oberhand, da Jack kein Messer mehr hatte. Es lag in einiger Entfernung auf dem Boden. Aaron sah mich an und ich nickte ihm zu. Er rannte auf mich zu, schnappte meine Hand und wir ließen die Lagerhalle mitsamt Connor, Jack und dem bewusstlosen Jared zurück.

Wir liefen so schnell wir konnten und es machte sich definitiv bezahlt, dass Aaron und ich beide schnelle Läufer waren. Unweigerlich musste ich an den Sportwettbewerb denken. Wir wussten beide, dass es nicht lange dauern würde, bis wir Gesellschaft bekommen würden. Und wir könnten nicht ewig weglaufen.

Kaum hatte ich den Gedanken gefasst, hörte ich hinter uns ein Geräusch. Ich sah mich flüchtig nach hinten um und erkannte Jack und Connor. Offensichtlich hatten sie ihren Kampf beendet, nachdem sie festgestellt hatten, dass sie nun einen gemeinsamen Widersacher hatten. Zumindest für den Moment.

Connor begann schwer verständlich etwas zu rufen: „Aaron. Ich muss mit dir reden. Bleib stehen."

Doch keiner von uns dachte daran stehen zu bleiben. Connor verstand vermutlich die Welt nicht mehr. Er war schließlich als meine Verstärkung und nicht als mein Kontrahent hier. Aber ich hatte keine Wahl. Für meinen Plan war es essenziell, dass Aaron und Connor getrennt voneinander blieben. Aaron hatte meine Hand, seitdem wir die Lagerhalle verlassen hatten, nicht losgelassen.

Als aber ein alter Bus auf der Straße auftauchte, musste er sie lösen. Der Bus hupte laut, als er plötzlich um die Ecke schoss, doch er beschleunigte dennoch. Ich konnte gerade noch zur Seite ausweichen, bevor er an mir vorbeidonnerte.

Hinter mir kamen Connor und Jack immer näher. Sie hatten genug Zeit gehabt, um dem Bus auszuweichen. Aaron war zwar nur wenige Meter von mir entfernt, aber es befand sich inzwischen eine Mauer zwischen uns. Wir waren durch den Bus von unserer ursprünglichen Route abgeschnitten worden.

Normalerweise hätte ich ohne Probleme über die Mauer klettern können. Aber das würde jetzt zu viel Zeit kosten. Bis dahin hätten mich Jack und Connor längst eingeholt. Also rannten Aaron und ich einfach immer weiter geradeaus. Die Mauer wurde immer höher, sodass ich ihn inzwischen kaum noch sehen konnte. Synchron rannten wir die zwei schmalen Straßen entlang, welche die Mauer voneinander trennte. In der Ferne konnte ich eine Straßenkreuzung erahnen. Aaron gab mir zu verstehen, dass wir uns hinter der Kreuzung wieder treffen könnten. Dann verschwand er hinter den, mit Moos bewachsenen, Steinblöcken.

Auf der rechten Straßenseite waren immer wieder stark dekorierte Bauwerke mit aufwändigen Verzierungen im Steinrelief zu erkennen. Sie sahen aus wie kleine Tempel. Ich konnte jedoch nur hin und wieder einen flüchtigen Blick darauf werfen.

Einerseits, weil ich momentan nicht auf einer Sightseeing-Tour, sondern auf der Flucht war. Andererseits, weil jedes Grundstück von einer eigenen Mauer umgeben wurde und diese nur selten einen Blick in das Hofinnere erlaubte.

Während ich die leere Gasse entlang rannte, fragte ich mich, ob Aaron wohl immer noch auf gleicher Höhe war. Es gefiel mir überhaupt nicht, dass wir voneinander getrennt waren. Denn das bedeutete, dass ich nicht nur von Aaron getrennt war. Ich war auch von der Akte getrennt.

Ich merkte, wie ich von Panik ergriffen wurde. Allein der Gedanke reichte, um meinen Kreislauf völlig auf den Kopf zu stellen. Blut schoss mir in den Kopf und meine Handflächen wurden schweißig. Mir wurde schwummrig vor den Augen.

Kein guter Zeitpunkt, Jade.

Definitiv kein guter Zeitpunkt.

Ich versuchte mich zu konzentrieren. Mir bleib nichts anderes übrig, als der schmalen Gasse zu folgen, bis ich die Kreuzung erreichen würde. Hinter mir konnte ich niemanden erkennen, vermutlich waren unsere beiden Verfolger hinter Aaron und der Akte her.

Die Tatsache, dass ich nicht mehr verfolgt wurde, verlockte dazu langsamer zu werden. Ich konnte schnell rennen, aber ich war nicht unbedingt für lange Strecken trainiert. Doch ich musste genauso schnell sein wie Aaron, um zeitgleich an der Kreuzung anzukommen.

Und er würde bestimmt nicht langsamer werden. Schon gar nicht, wenn ihm die zwei anderen im Nacken saßen. Dieser Gedanke spornte mich an.

Ich begann wieder schneller zu rennen, obwohl mir noch immer etwas schwindelig war. In meinem Eifer ignorierte ich die Warnung meines Körpers und wurde nachlässig. Wie es kommen musste, übersah ich nach wenigen Metern einen Metallnagel, der aus dem Boden ragte. Prompt stolperte ich darüber und knallte mit dem Kopf leicht gegen die Steinmauer.

Mein Kopf pochte fürchterlich und ich musste einige Minuten warten, bis der Schmerz nachließ. Ich stand vorsichtig auf, denn ich fürchtete, dass ich sonst schneller wieder auf dem Boden sitzen würde, als mir lieb wäre. Doch ironischerweise war durch den Sturz mein vorheriger Schwindel schlagartig abgeklungen. Ich atmete dreimal tief ein und aus und setzte kurz danach meinen Weg fort. Nach ein paar Metern war der Zwischenfall schon fast vergessen und ich wieder hochkonzentriert.

Die Kreuzung war nur noch wenige Meter entfernt, als ich Schritte hörte. Sie kamen von links. Da es mehrere waren, die in unterschiedlichem Takt schallten, ging ich davon aus, dass Jack und Connor aufgeholt hatten.

Als ich die Kreuzung endlich erreicht hatte, sah ich mich hektisch um. War ich doch zu spät und hatte mich eben nur verhört? Hatte mein Sturz mich zu lange aufgehalten?

In diesem Moment hörte ich immer lauter werdende Schritte hinter mir und fuhr herum. Aaron kam aus seiner Straße geschossen und zog mich mit ihm mit.

Als die Straße gerade eine Kurve machte, drückte er mir die Akte gegen die Brust.

„Nimm du sie. Die denken immer noch, ich habe sie."

Wortlos und ohne Protest steckte ich sie während des Laufens in meinen Rucksack. Im Austausch hielt ich ihm den Briefumschlag hin, den ich vorher mitgenommen hatte. „Ein Täuschungsversuch könnte uns ein paar Minuten schenken", warf ich schnaufend ein.

Kurz nachdem Aaron den Umschlag verstaut hatte, wurden wir unerwartet erneut voneinander getrennt.

Da wir mit der Akte beschäftigt gewesen waren, hatte keiner von uns beiden die Menschenmenge vor uns bemerkt. Und als wir sie dann bemerkten, waren wir schon fast mitten drin.

Es wirkte wie eine Art Umzug oder ein Fest. Vielleicht war es anlässlich eines Feiertages. In Indonesien existierten schließlich zahlreiche religiöse, nationale sowie lokale Feiertage. Die Menschen waren verkleidet und trugen bunte, stark verzierte Masken. Sie stellten eine Art mystisches Wesen mit großen Augen und aufwendigem Kopfschmuck dar. Die Gestalt auf den Masken erinnerte mich an einen Löwen oder einen Drachen. Während ich versuchte mich durch die Menge zu schlagen, konnte ich immer wieder Aaron zwischen den Masken auftauchen sehen. Um uns herum tanzten die Leute ausgelassen. Wir beide wurden dadurch ziemlich ausgebremst, sodass Jack und Connor bereits in der Menge angekommen waren. Doch sie hatten natürlich dieselben Probleme.

Trotzdem wollte ich uns einen größeren Vorsprung verschaffen. „Dief!", rief ich in die Menge und zeigte in Jacks Richtung. Ich wusste zwar, dass in Indonesien viele Menschen aufgrund der kolonialen Vergangenheit niederländisch sprachen, war mir aber nicht sicher, ob das auch an einem abgelegenen Ort wie hier der Fall war. Schließlich war dies nicht gerade ein Touristenhotspot. Es reagierten nicht viele, aber doch genug, um Jack für den Moment abzubremsen. Sie stellten sich vor ihn und versperrten ihm den Weg.

Als ich die Menge endlich hinter mir gelassen hatte, atmete ich kurz erleichtert auf. Ich dachte an die niederländische Serie, welche ich letztes Jahr mit Untertiteln auf *Netflix* gesehen hatte. Wer hätte gedacht, dass sich das mal so auszahlen würde?

Aaron war nirgends zu sehen. Mist. Ich hatte ihn schon wieder verloren. Wir hatten nicht einmal einen Notfalltreffpunkt ausgemacht.

Doch erstmal hatte ich ein anderes Problem. Denn hinter mir, kam Connor mit schweren Schritten immer näher.

*

Als ich kraftlos um die Ecke stolperte, packte mich plötzlich eine Hand und zog mich in den Schatten einer kleinen Gasse. Bevor ich mich wehren konnte, drehte mich die Person um und ich sah in Aarons Gesicht. Erleichtert fiel ich ihm in die Arme.

Als ich ihn wieder losließ, musterte er mich. Seitdem wir die Lagerhalle verlassen hatten, war es das erste Mal, dass wir unsere Flucht unterbrachen und einen Moment lang verschnaufen konnten. Er strich vorsichtig über das Hämatom auf meiner Stirn und sah auf die Schürfwunden an meinen Armen und in meinem Gesicht. Sie stammten von dem Sturz und von den stacheligen Büschen am Straßenrand.

Ich wusste, dass das Gespräch, das vor mir lag, nicht unbedingt angenehm werden würde. Und bis jetzt hatte ich mir keine Gedanken darüber gemacht, wie genau ich Aaron die schlechten Nachrichten überbringen sollte.

„Hör zu Aaron, ich weiß nicht, wie ich dir das sagen soll", ich machte eine Pause. „Wir haben ein Problem."

„Was genau für ein Problem?", fragte er, obwohl ich das Gefühl hatte, er könnte sich die Frage selbst beantworten.

„Ich habe die Akte nicht mehr", gestand ich ihm kühl.

Er musste schlucken und drehte sich weg von mir. Dann schlug er mit der Faust gegen die Wand, sodass etwas Putz abbröckelte.

„Wer hat sie dann?", fragte er immer noch mit dem Gesicht zur Wand.

Jetzt hatte ich keine andere Wahl. Eben hatte ich kurz überlegt, was ich ihm am besten sagen würde. Wie ich es ihm am besten erklären sollte, ohne Connor in Schwierigkeiten zu bringen. Aber mir fiel keine Erklärung ein, die ihn aus der Sache heraushalten könnte.

„Connor. Connor hat sie."

Aaron drehte sich um: „Ich hatte also Recht mit meiner Vermutung. Er steckt dahinter." Noch während er sprach, löste er seine Faust, als er sah, dass ich einen Schritt zurückgewichen war. „Es ist nicht deine Schuld, Jade", fügte er hinzu.

Trotz seiner Aussage wusste ich, dass er nicht anders konnte, als ein bisschen sauer auf mich zu sein.

Ich versuchte ihn abzulenken: „Das heißt also, unsere Mission ist gescheitert und wir werden nie erfahren, was in der Akte steht."

Ob diese Feststellung unbedingt zur Besserung seiner Laune betrug, sei mal so dahingestellt.

„Nein, das heißt es nicht", entgegnete Aaron.

„Wieso? Was meinst du damit? Wie sollen wir die Mission jetzt noch retten? Die Akte ist weg. Vermutlich schon auf dem Weg zu Jareds Auftraggeber."

„Ich habe mich auf deine zweite Frage bezogen, Jade." Aaron kam einen Schritt auf mich zu und sah mir tief in die Augen.

„Jade, ich habe die Akte gelesen."

Kapitel 22

Aaron

Ein paar Minuten zuvor

Aaron rannte so schnell er konnte. Connor und Jack verfolgten ihn. Sie wussten, dass er die Akte hatte. Zumindest war Jade für den Moment in Sicherheit, dachte er sich. Der Gedanke beruhigte ihn.

Obwohl die beiden Verfolger schnell waren, hatten sie bei Aarons jetzigem Tempo keine Chance ihn einzuholen. Aaron war froh, dass er Jack und Connor auf Abstand halten konnte und steuerte entschlossen auf die Kreuzung zu.

Doch zunehmend schweiften seine Gedanken ab. Er fühlte mit seiner Hand nach der Akte und umfasste sie fester. Was stand nur auf diesen Seiten, das so wichtig war? Wichtig genug, dass er von zwei Leuten durch die halbe Stadt gejagt wurde?

Als vor ihm am Straßenrand eine kleine Tempelanlage zu sehen war, änderte sich sein Plan. Der Tempel befand sich kurz vor einer Kurve im Straßenverlauf. Aaron warf schnell einen Blick zurück und stellte zu seiner Zufriedenheit fest, dass Jack und Connor nicht mehr in Sichtweite waren.

Jetzt oder nie. Es war eine einmalige Gelegenheit.

Als er den Tempelturm erreichte, stieg er die steile Treppe ein paar Stufen hinauf, bis er von der Straße aus nicht mehr zu sehen war.

Seine Verfolger würden glauben, dass er weitergerannt war. Sie würden nicht auf die Idee kommen, dass er angehalten hätte. Denn das würde bedeuten, dass er Jade an der Kreuzung verpassen würde. Aaron wusste, dass es ein Risiko war, stehen zu bleiben. Aber er musste wissen, was in dieser verdammten Akte stand.

Und er musste es *jetzt sofort* wissen.

Also holte er die Akte aus seiner Jacke heraus. Das weinrote Symbol thronte in der Mitte der Din-A4 Seite. Er schlug die Akte mit pochendem Herzen auf. Erstmal gab es ein paar Briefe und unwichtig erscheinende Zettel. Aaron blätterte sie schnell durch.

Er hatte nicht viel Zeit.

Als erstes fiel ihm das Kürzel unserer Schule auf einem der Briefe auf. *E.S.C.* Anders als auf dem Symbol vorne, war es diesmal ausgeschrieben. Doch es waren nicht die Worte, die Aaron erwartet hatte. *Education. Surveillance. Control.* Aarons Augenbrauen zogen sich unbewusst zusammen.

Er suchte weiter und schlug eine Statistik auf, bei der die Leistungen der Schüler aufgelistet waren. Es war ganz genau dokumentiert worden, welche Klassenstufen und Kurse sich wie entwickelt hatten. Das war doch normal oder? Machte es nicht Sinn, die Entwicklung und Verbesserung der Schüler im Blick zu haben?

Als er weiter blätterte, fiel eine Seite auf den Boden. Schnell hob Aaron sie auf. Es war eine Auflistung von Namen. Ein paar Namen kannte er, andere kamen ihm nur düster bekannt vor. Es waren Namen von ehemaligen Schülern. Außerdem die Namen des leitenden Polizeidirektors, des Polizeipräsidenten und die von ein paar Regierungsbeamten. Aaron konnte sich nicht erinnern, welche Ämter sie genau innehatten. Es war einer dieser Momente, in denen er sich wünschte, er hätte im Politikunterricht besser aufgepasst.

Trotzdem fragte er sich, was all diese Namen gemeinsam hatten. Dann fielen ihm Daten hinter jedem Namen auf, die er zunächst jedoch nicht deuten konnte.

Nach kurzem Überlegen kam ihm eine Idee. Er fuhr mit dem Finger die Liste ab und suchte nach einem bekannten Namen, der ihm gleich aufgefallen war. Es war ein Freund von ihm, welcher 4 Jahre älter war. Demnach hatte er vor 3 Jahren das reguläre Internat verlassen und seinen Abschluss gemacht. Schnell fand er den Namen und betrachtete das Datum. Aaron nickte kaum sichtbar. Es war das Datum seines Abschlusses. Das bedeutete, dass all die Namen auf der Liste ehemalige Schüler der Schule waren.

Aaron zog die Augenbrauen hoch, als er realisierte, dass der Polizeipräsident mal auf das gleiche Internat wie er gegangen war.

Trotzdem war ihm noch nicht ganz klar, was daran jetzt so besonders war.

Aaron warf durch eine kleine Öffnung in der Wand einen Blick auf die Straße. Da niemand zu sehen war, blätterte er weiter. Obwohl er die Seiten nur flüchtig ansah, bevor er hektisch weiterblätterte, stoppte er bei einer der Seiten im hinteren Teil der Akte ruckartig. Er hatte seinen Namen gelesen.

Ungeduldig und nervös las er die Zeilen über sich durch. Je weiter er kam, desto schneller las er und desto mehr riss er die Augen auf.

Alles, sie wussten *alles* über ihn. Nicht nur, wie seine letzte Klausur ausgefallen war oder welche Kurse er gewählt hatte. Es gab Aufzeichnungen darüber, was er in der Mensa gegessen hatte; mit wem er sich nach dem Unterricht getroffen hatte; nach was für Stichworten er im Internet gesucht hatte; Verlaufsprotokolle und Anrufprotokolle seines Handys; Infos darüber, welche Lösungen er heimlich vor Klausuren kopiert hatte; wann er von anderen die Hausaufgaben abgeschrieben hatte; wie sich seine politische Orientierung geändert hatte. Es standen auch Informationen auf diesen Seiten, die niemand wissen konnte.

Es waren...seine Gedanken.

Aarons Bauch zog sich mit jedem Wort, das er las, mehr zusammen. Es war, als steckte seine gesamte Persönlichkeit auf diesen Seiten.

Während er all diese Dinge über sich las, kam er sich ertappt vor. Wie früher als Kind, wenn er absichtlich die

Sandburg der anderen Kinder mit der Schaufel kaputt-gemacht hatte und es jemand gesehen hatte. Obwohl er erwachsen war, kam er sich so verletzlich und angreif-bar wie ein Kind vor. Es fühlte sich so an, als hätte er sein ganzes Leben lang in einem Glashaus gelebt, ohne Vorhänge, ohne schützende Wände. Von der Vorstel-lung, dass jemand Fremdes all die Informationen über ihn hatte, wurde ihm schlecht.

Doch es kam noch schlimmer. Hinter manchen Zeilen gab es handschriftliche Anmerkungen. Zum Beispiel bei einer Bemerkung über sein Essverhalten in der Mensa: „Schüler nimmt in 80 % der Fälle das Gericht, das in der mittleren Zeile rechts angeboten wird."

Dahinter stand die Anmerkung: „Mehr Gemüse und Obst in der mittleren Essenszeile anbieten".

Sein gesamtes Verhalten war *analysiert* worden. Und noch schlimmer. Er war *manipuliert* worden.

Obwohl er die ganze Zeit versuchte sein Tempera-ment unter Kontrolle zu halten, merkte er, wie die Wut in ihm aufstieg.

Aaron musste an einen Satz denken, den seine Oma früher als Kind immer wieder zu ihm gesagt hatte, auch wenn er ihn damals nicht verstanden hatte. Sie hatte ihn auf ihren Schoß gesetzt und seinen Kopf gestreichelt. Dann hatte sie gesagt: „Denkt daran mein Kind. Nutze die Chance jeden Tag etwas Neues dazuzulernen und deinen Geist zu trainieren. Denn unser Wissen und un-sere Gedanken sind die zwei Dinge, die uns niemand wegnehmen kann. Sie gehören nur dir. Deshalb sind sie so wertvoll."

Dann hatte sie ihm einen Kuss auf die Stirn gegeben und ihn wieder zum Spielen geschickt.

Aaron realisierte, wie lange er schon nicht mehr an seine Familie gedacht hatte. Er wischte sich eine Träne aus dem Gesicht und suchte weiter.

Obwohl er diese neuen, erschreckenden Erkenntnisse am liebsten sofort mit Jade geteilt hätte, war er doch froh, dass sie nicht hier war. Er wollte nicht, dass sie sah, wie die Träne über sein Gesicht gelaufen war und er wollte noch weniger, dass sie all die Dinge, die auf diesen Seiten standen, über ihn wusste. Es hatte nichts damit zu tun, ob er sie mochte oder nicht. Ob er sie vielleicht sogar liebte. Diese Informationen gingen niemanden etwas an. Sie gehörten ihm.

Aaron wusste, dass er bald gehen musste. Aber er blätterte noch ein letztes Mal durch den Rest der Akte.

Kurz bevor er sie schließen wollte, fiel ihm ein letztes Blatt ins Auge. Es ging um die neuen roten Stifte: „Alles nach Ihren Angaben gefertigt worden. Sie können mithilfe des roten Punktes, wie bereits bei unseren vorherigen Produkten, Ton und Video in HD-Qualität aufnehmen. Es ist die kleinste Kamera und das beste Mikrofon, das Sie heutzutage bekommen können. Ich hoffe, wir können auch zukünftig auf unsere langjährige Zusammenarbeit zählen."

Auf derselben Seite standen eine Reihe von Passwörtern, die anscheinend den Zugang zu riesigen Datenbanken ermöglichten. In Aarons Kopf ratterte es unaufhörlich. Er erinnerte sich an die Sporthalle, in der er schon oft über die roten Lichter im Boden gelaufen war. Oder an die roten Punkte auf seinen Sportmedaillen. Nur, dass es keine Lichter oder Dekorationen waren. Es waren Kameras.

Kameras und Mikrofone.

Aaron musste schlucken. Er schlug die Akte zusammen und lief die Treppenstufen herunter. Obwohl es ihm wie eine Ewigkeit vorkam, war er nur wenige Minuten im Turm gewesen. Trotzdem musste er jetzt weiter.

Er rannte los. Er wollte wegrennen vor dem, was er gerade erfahren hatte. Doch je weiter er rannte, desto klarer wurde ihm alles. Es war wie ein riesiges rotes Fadennetz. Und in diesem Augenblick liefen alle einzelnen Fäden zu einem zentralen Punkt zusammen.

Sein Internat bot eine gute Ausbildung, setzte sich für seine Schüler und Studenten ein und nutze das Potenzial der jungen Menschen optimal aus. Brachte die leistungsstärkste Version jedes Einzelnen zum Vorschein und zog eine jugendliche Elite heran. Diese jungen Menschen übernahmen dann später hohe Ämter in der Politik, wurden Ärzte oder einflussreiche Unternehmer. Doch das Internat beschränkte sich dabei nicht auf die herkömmlichen Mittel.

Es überwachte seine Schüler. Kontrollierte sie. Griff in ihre Privatsphäre ein und manipulierte sie, wenn nötig. Das Internat übte also über diese Mittel indirekt Macht aus. Und das in großem Umfang. Dimensionen, die die Größe des Internat-Grundstücks bei Weitem überschritten.

Es war die perfekte Strategie. Die Schüler waren jung, wenn sie auf das Internat kamen. Formbar. Hatten quasi keinen Kontakt mehr zu ihren Familien. Aaron fragte sich, wann er das letzte Mal zuhause angerufen hatte. Er hatte zu Weihnachten eine Nachricht am Handy verschickt. Wie hatte das passieren können? Er liebte seine Familie über alles. Aber ihm wurde auch bewusst, dass er sie gar nicht mehr richtig kannte. Dieser Gedanke versetzte ihm einen Stoß ins Herz und sofort überkam ihn eine Welle von Schuldgefühlen.

Es war die perfekte Strategie, dachte er erneut. Die größte Macht über uns haben die, denen wir sie ohne Widerstand geben. Weil wir sie ihnen freiwillig geben.

Aaron dachte an Jades Auszeichnungen. Auf einer der Seiten in der Akte war über ihre Infrarotstrahlen-Theorie geschrieben worden. Sie hatte bei einem Chemieprojekt eine Möglichkeit entwickelt, wie man mit Infrarotstrahlen Akkus aufladen konnte, sodass man sie quasi 24 Stunden lang nutzen konnte, ohne sie je an ein Ladekabel anschließen zu müssen. Das Internat hatte diese Idee genutzt, um die Schüler und Studenten zu überwachen. Sie mussten nicht einmal die Akkus der Kameras und Mikrofone auswechseln und aufladen. Nur deshalb, waren sie überhaupt in der Lage, die Sache in diesem Ausmaß durchzuziehen. Die Idee war sicherlich schon deutlich älter, aber das System hatte durch technische Fortschritte wie diese, neue Dimensionen angenommen. Aaron wusste, wie sehr es Jade verletzen würde, zu erfahren, zu was ihre (eigentlich großartige) Idee geführt hatte.

Aber bevor er ihr davon erzählen konnte, musste er sie erstmal finden. Er rannte so schnell er konnte. Wie aus dem Nichts tauchte Connor hinter ihm auf. Nur ein weiterer Grund schneller zu laufen.

Flüchtig dachte Aaron an Connors Rolle in diesem Spiel. War es möglich, dass er das alles unterstützte? Er war ihm immer wie ein verantwortungsbewusster und vernünftiger Typ vorgekommen.

Als sich Aaron das nächste Mal umdrehte, stellte er fest, dass sich nun auch Jack wieder zu ihnen gesellt hatte.

Kurz bevor Aaron die Kreuzung erreichte, kam ihm plötzlich auch eine Idee, warum Jack überhaupt Interesse an der Akte haben könnte. Jack wurde vermutlich dafür bezahlt, dass er die Akte an Jared übergab. Er war ein Mittelsmann, der angeheuert worden war, um die Akte zu seinem Auftraggeber zu bringen. Wahrscheinlich ein Mittelsmann von vielen. Jared Stone muss irgendwie von der Existenz der Akte erfahren haben und es geschafft haben, sie zu entwenden. Nicht persönlich, aber über Leute wie Jack. Vielleicht hatte er einen Informanten im College. Oder ein Beteiligter außerhalb des Colleges hatte etwas verraten. Egal wie, er hatte eine Schwachstelle gefunden, die ihn jetzt - dank Jack - zur Akte führen würde. Dieser würde für seine Dienste vermutlich gut bezahlt werden. Umsonst wurde er nicht all die Strapazen auf sich nehmen. Jack erschien ihm nicht wie ein Mann, der Dinge einfach nur aus reiner Überzeugung tat. Es musste dabei etwas für ihn herausspringen.

Aaron vermutete, dass Jared Stone wiederrum in der Medienbranche arbeitete. Vielleicht bei einer Zeitungsagentur oder einem Magazin. Wenn eine Zeitschrift die ganzen Informationen veröffentlichen würde, würde das für einen riesigen Skandal sorgen. Einen Skandal, der weitreichende Konsequenzen für unzählige einflussreiche Leute haben könnte. Egal wie unbekannt und unbedeutend ein Nachrichtenmagazin zuvor gewesen wäre, mit einem Mal wäre es weltbekannt. Die Auflagen würden in die Höhe schießen.

Und die Akte würde alle nötigen Beweise liefern.

Kapitel 23

Als Aaron fertig war, sank er erschöpft auf dem Boden zusammen. Ich realisierte, dass er die Akte tatsächlich gelesen hatte.

„Ich muss das alles erstmal verarbeiten", sagte ich überwältigt. Auch wenn meine Aussage nicht unbedingt auf das bezogen war, was Aaron dachte.

Wir hatten uns in den Tempelturm zurückgezogen, in dem sich Aaron zuvor versteckt hatte. Nachdem er mich gefunden hatte, waren wir dorthin zurückgekehrt. Als wir die Treppe hochgelaufen waren, hatten wir eine kleine Plattform aus Holz erreicht. Dort hatte Aaron mir von der Akte erzählt. Ich hatte das Gefühl, er verschwieg mir manche Details, aber ich fragte nicht nach.

Ich ließ mich neben ihm auf dem Boden nieder und spürte die kalten Steinwände an meinem Rücken.

„Riechst du das auch?", fragte Aaron mich plötzlich.

„Nein, was meinst du?"

„Irgendwas riecht hier angebrannt", Aaron sprang alarmiert auf und sah sich um.

Ich verdeckte unauffällig einen kleinen Brandfleck auf meinem Oberteil.

„Es riecht zwar nicht besonders angenehm hier, aber ich finde wirklich nicht, dass es angebrannt riecht. Mach dir keine Gedanken." Ich klopfte auf den Platz neben mir, als Aufforderung, sich wieder zu setzen.

Aaron gab sich mit meiner Antwort zufrieden und ließ sich wieder neben mir nieder. Ich wollte nicht, dass er sich Sorgen machte. Aaron legte seinen Arm um mich und ich kuschelte mich an ihn. Wie immer, spürte ich sofort die vertraute Wärme. Wir saßen ein paar Minuten still nebeneinander. Dann begann Aaron erneut das Gespräch: „Was ist unser Plan?"

„Was meinst du damit?"

„Wir müssen etwas tun. Unsere Mission ist noch nicht vorbei. Wir müssen die Akte zurückbekommen."

Ich sah ihn mitfühlend an: „Aber wie sollen wir das tun? Connor hat die Akte und ist sicher schon auf dem Weg zu unserem Internat. Und wenn *er* sie nicht mehr hat, dann hat sie Jack, welcher zurück zu Jared ist und sie ihm wie geplant übergeben hat."

Aaron widersprach mir nicht, was mich sofort misstrauisch machte. Ich hatte das Gefühl, er plante etwas und hoffte, er würde nichts Unüberlegtes tun. Zumindest nicht ohne mir Bescheid zu sagen. Wir waren ein Team. Wenn er etwas tun wollte, würden wir das zusammen tun.

Kapitel 24

Aaron

Aaron *hatte* einen Plan. Er begriff nicht, wie Jade so einfach aufgeben konnte. Wobei er sie gleichzeitig dennoch verstehen konnte. Ihre Mission war extrem anstrengend gewesen und vor allem Jade hatte ziemlich viel durchmachen müssen. Der Sprengstoff in ihrer Kabine. Der Piratenangriff, bei dem sie ins Meer geworfen worden war. Die Enttäuschung über Connor. Sie war müde. Deshalb war es jetzt Aaron, der die Dinge in die Hand nehmen musste.

Jade und er hatten beschlossen die Nacht über im Tempelturm zu bleiben. Sie brauchten den Schlaf mehr denn je. Am frühen Morgen schlich sich Aaron leise aus dem Turm und lief in die Stadt.

Auf dem Weg sprach er mit mehreren Leuten auf dem Marktplatz und fragte nach einer auffälligen Person mit einem beigen Dokument. Viele Leute gingen einfach an ihm vorbei oder verstanden kein Englisch. Nach einer Weile fand er aber doch ein paar Leute, die ihm Gehör schenkten und zwei hatten tatsächlich eine Person mit verdecktem Gesicht und schwarzer Kleidung gesehen. Aaron hatte sich an Connors schwarzes Shirt und die dunkle Hose erinnert, die dieser gestern getragen hatte. Zu Aarons Glück fielen Fremde in diesem Ort ziemlich schnell auf. Viele Infos konnten die Einheimischen Aaron zwar nicht geben, aber sie konnten ihm zumindest die Richtung nennen, in die die Person gelaufen war.

Der beschriebene Weg führte ihn an ein paar Wohnhäusern und an verschiedenen kleinen Geschäften vorbei. Irgendwann stach ihm ein Internet-Café ins Auge. Es war ziemlich heruntergekommen und als Aaron die Tür öffnete, stellte er fest, dass es menschenleer war. Der perfekte Ort, wenn man unbemerkt mit der Außenwelt in Kontakt treten wollte.

Wobei, Aaron korrigierte seinen Gedanken, es war nicht ganz leer. Hinter einem kleinen Tresen saß schlafend der Inhaber des Cafés.

Aaron lief zum Tresen und drückte die Klingel. Der Inhaber öffnete widerwillig seine Augen und setzte sich langsam in Bewegung. Zu Aarons großer Überraschung sprach er Englisch. Zwar mit starkem Akzent, aber er konnte ihn verstehen.

Aaron gab vor, er wolle sich nach den Angeboten des Internetcafés erkundigen. Er fragte nach Preisen und Konditionen. Der Inhaber nannte ihm unmotiviert die Preise und erklärte, dass jeder, der Fax oder Computer benutzte, sich mit Namen und Unterschrift in ein Kundenbuch eintragen müsse. Das sei „company policy".

Dann versuchte Aaron vorsichtig etwas nachzubohren: „Ich hätte noch eine andere Frage. Ein Freund von mir wollte gestern hier vorbeikommen. Könnten Sie mir sagen, ob er hier war? Er müsste ein schwarzes Oberteil und eine schwarze Jeans angehabt haben."

„Gestern hatte ich nur einen Kunden. Aber ich kann dir nicht helfen. Ich kann keine Informationen über meine Kunden herausgeben. Das ist...", er machte eine genüssliche Pause, „...vertraulich."

„Okay, das verstehe ich. Es ist nur so, dass er gestern seine Tasche verloren hat. Er hat mich darum gebeten, ihm bei der Suche zu helfen", log Aaron.

„Warum fragst du deinen Freund dann nicht zuerst, ob er überhaupt hier war?", der Inhaber verlor langsam die Geduld.

„Weil ich ihn eben nicht erreicht habe. Als ich Ihren Laden gesehen habe, ist mir aber wieder eingefallen, dass er hier vorbeikommen wollte. Hören Sie, können Sie nicht einfach kurz nachschauen?", Aaron sah ihn mit großen Augen an.

„Meinetwegen!", der Besitzer drehte sich sichtlich grimmig um und verschwand in einem Zimmer hinter dem Tresen.

Sobald er verschwunden war, lief Aaron hinter den Tresen und durchsuchte den Laptop. Zunächst musste er eine Pokerseite zur Seite schieben, bevor er einen Überblick über den Desktop erhielt.

Für Aaron war nicht der Name des mysteriösen Kunden interessant, diesen hatte er vermutlich gefälscht, sondern das Aussehen der Person. Aaron musste sicher sein, dass es Connor gewesen war.

Dann wüsste er, dass er die letzte Person mit der Akte gewesen war.

Schnell fand Aaron die Ordner mit den Überwachungsvideos. Die Kamera, die auf den Tresen gerichtet war, war ihm sofort aufgefallen. Er klickte auf das gestrige Datum und startete das Video. Den Ton stellte er gerade noch rechtzeitig aus.

Im Hintergrund hörte er den Besitzer des Cafés, der immer noch nach einem Fundstück suchte. Vermutlich nicht besonders gründlich.

Die Tatsache, dass es gestern nur einen Kunden gab, erleichterte die Suche enorm. Aaron spulte das Video vor, bis eine Person den Laden betrat. Sie war komplett in schwarz gekleidet und trug eine gleichfarbige Kappe. Das Gesicht konnte man nicht erkennen. Auch die Akte war nicht zu sehen.

Der Unbekannte sprach mit dem Inhaber. Irgendwann hielt dieser ihm das Kundenbuch hin und die Person unterschrieb. Aaron konnte nicht erkennen, was die Person aufschrieb. Sie stand so, dass das Buch und die Hände vollständig verdeckt wurden, man konnte nur den Rücken erkennen. Leider war die Qualität des Videos zusätzlich ziemlich schlecht. Aaron konnte nur sehen, wie die Person den Stift links vom Buch ablegte, als sie fertig war und dann hinter dem Faxgerät verschwand.

Nur wenige Sekunden später verließ sie das Café ziemlich rasch wieder. Zu keinem Zeitpunkt konnte die Kamera ein Gesicht einfangen.

Als hätte die Person bewusst darauf geachtet, nicht entdeckt zu werden. Connor muss die Kamera genauso wie Aaron beim Betreten des Ladens bemerkt haben. Einleuchtend, wenn man bedenkt, dass beide die gleiche Ausbildung genossen.

Schnell schloss Aaron das Video und den Ordner mit den Aufnahmen. Er öffnete die Pokerseite und stellte sich wieder lässig hinter den Tresen.

Keine Sekunde zu früh, denn schon kam der Inhaber aus dem Zimmer zurück. „Nichts. Ihr Freund muss seine Tasche woanders verloren haben."

Aaron bedankte sich trotzdem und erklärte, dass er jetzt doch ein Fax abschicken wollte. Wie erwartet, musste er in dem Kundenbuch unterschreiben. Der Inhaber suchte es heraus und schlug eine neue Seite auf, bevor er es Aaron hinlegte. Die vorige Seite war offensichtlich voll. Diesmal beobachtete der Ladenbesitzer ihn aber genau, Aarons Fragen hatten sein Misstrauen geweckt. Aaron blieb also nichts anderes übrig, als zu unterschreiben und es ihm zurückzugeben, ohne einen Blick auf die Handschrift des Unbekannten werfen zu können. Der Inhaber deutete auf das altmodische Faxgerät und ließ sich anschließend wieder in seinen Stuhl fallen.

Aaron lief zum Gerät und öffnete es. Bingo. Das Fax lag noch drin. Aaron hatte auf dem Video nämlich nicht gesehen, wie die Person es herausgenommen hatte. Vermutlich hatte Connor es in der Eile vergessen.

Unauffällig steckte er das Blatt in seine Tasche und tat so, als würde er selbst ein Fax verschicken. Der Inhaber hatte jedoch ohnehin wieder angefangen vor sich hin zu dämmern.

Als Aaron das Café unter erneutem Klingeln verließ, zog er den Zettel neugierig aus seiner Tasche. Der Cafébesitzer würde ihm sowieso keine Aufmerksamkeit mehr schenken. Aaron strick das Papier glatt. Es war per PC bedruckt worden, sodass er keine Chance hatte eine Handschrift zu erkennen.

„Machen Sie sich keine Sorgen! Das Problem hat sich in Luft, besser gesagt in Rauch, aufgelöst."

Kapitel 25

Ich stand am Fenster des Tempelturms und sah hinaus. Von hier aus konnte man sogar das Wasser und den Hafen sehen. Ein bekannter Geruch erfüllte die Luft.

Aarons Rasierwasser.

Langsam drehte ich mich um. „Wo warst du?", fragte ich ihn vorwurfsvoll.

„In einem Internetcafé", gab Aaron ehrlich zurück.

Meine Augen zuckten kaum merklich zusammen.

„Ich kann hier nicht einfach rumsitzen und nichts tun. Das weißt du. Außerdem habe ich wirklich etwas herausgefunden", fuhr er fort.

„Na, dann erzähl' schon. Ich will natürlich wissen, was du weißt", forderte ich ihn auf und hörte ihm gespannt zu.

Er erzählte von dem Café, dem Überwachungsvideo und dem Fax. Als er fertig war und mir ein paar Sekunden gegeben hatte, um die neuen Infos zu verarbeiten, fuhr er fort: „Jade, es ging zu keinem Zeitpunkt darum, die Akte zurückzuholen. Es ging darum, sie zu zerstören! Wir sollten nur die Infos über die Übergabe für die Kontaktperson der Schule liefern. Sie haben uns benutzt. Und das erfolgreich. Die Akte ist zerstört."

„Kontaktperson? Du meinst Connor", ich biss mir auf die Lippe.

Aaron hielt einen Moment inne.

Dann antwortete er mir: „Das war nicht alles, Jade. Es gibt da noch eine Sache." Es entstand eine kurze Pause. „Ich habe nochmal über das Überwachungsvideo nachgedacht und bin mir jetzt endgültig sicher. Connor kann es nicht gewesen sein."

Aaron sagte mir damit etwas, was ich von Anfang an gewusst hatte. Ich kannte Connor. Er war zwar ein Vorzeigestudent unseres Internats, aber er war kein Teil des System, welches durch die Akte enthüllt werden würde.

Dennoch musste ich angemessen auf Aarons Erkenntnis reagieren: „Was meinst du damit? Du hast doch gesagt, die Person hatte schwarze Klamotten an. Er hatte die Akte. Er ist uns hierher gefolgt. Ich verstehe nicht, warum du plötzlich an seiner Schuld zweifelst? Du warst doch derjenige, der ihn überhaupt erst verdächtigt hat. Warum sonst sollte er hier sein?"

Ich sah Aaron mit gemischten Gefühlen an und fragte mich, wie er sich die Situation erklärte. Dann drehte ich mich von ihm weg und sah wieder aus dem Fenster.

Kurze Zeit später spürte ich Aarons Arme an meiner Hüfte. Behutsam drehte er mich um und sah mir in die Augen: „Du kannst dir sicher sein, dass ich das nicht behaupten würde, wenn ich mir nicht zu 100% sicher wäre." Aaron ließ mich wieder los und lief nachdenklich im Kreis herum.

„Hör zu, ich habe die Person nicht gesehen. Aber eine Sache ist mir aufgefallen. Nachdem sie in diesem komischen Kundenbuch unterschrieben hat, hat sie den Stift links vom Buch abgelegt. Ich bin mir 100%ig sicher, dass der Stift links vom Buch lag."

Ich hob eine Augenbraue und sah ihn fragend an.

Aaron führte seine Erklärung weiter aus: „Die Person muss Linkshänder gewesen sein. Sie hat auf alles geachtet. Neutrale Kleidung getragen, ihr Gesicht nicht gezeigt und das Buch mit dem Körper verdeckt, sodass man keine Handschrift erkennen konnte. Aber die Tatsache, dass sie den Stift nach dem Schreiben links abgelegt hat, hat sie nicht bedacht. Es ist ein Automatismus. Kein Rechtshänder würde den Stift links ablegen. Das würde keinen Sinn machen. Und Connor *ist* Rechtshänder."

„Hmm, ja. Das stimmt schon. Aber was, wenn Connor es absichtlich so gemacht hat? Weil er wusste, dass wir die falsche Schlussfolgerung ziehen würden?"

„Nein, das war nicht geplant. Ich bin mir wirklich sicher, dass das eine unbewusste Handlung war", Aaron verschränkte entschlossen die Arme.

Ich zuckte mit den Schultern. An Aarons Entschlossenheit änderte meine Zurückhaltung nichts.

„Was haben wir übersehen?", Aaron fuhr sich nachdenklich durch die schwarzen Locken.

Ich konnte förmlich sehen, wie alle Gehirnzellen hinter seiner Stirn arbeiteten. Aaron lief noch ein paar Mal hin und her, bevor er stehen blieb und sich vor mich stellte. Er griff nach meinen Händen und sah mich an. Meine langen blonden Haare umrahmten mein Gesicht.

Ein paar Strähnen fielen vor meine Wange und verdeckten das getrocknete Blut. Das Licht, welches durch das kleine Fenster hinter mir in den Turm fiel, traf auf meine Haare und bildete einen goldenen Schein um meinen Kopf. Aaron betrachtete mich mit einem unbewussten Lächeln.

Plötzlich änderte sich sein Ausdruck schlagartig. Sein Gesicht versteinerte. Instinktiv lockerte er seinen Griff um meine Hand. Mein Herz begann schneller zu schlagen. Ich wartete darauf, dass er seine Hände ganz zurückzog. Denn mir war klar: *Er wusste Bescheid.*

Aaron sah mir jetzt direkt in die Augen: „Ich weiß nicht, wie du mir das erklären willst."

Seine Hände lagen noch immer in meinen und er wartete auf meine Antwort. Meine Finger waren vor Nervosität eiskalt und ich spürte die angenehme Wärme, die seine Hände ausstrahlten.

Noch immer wartete ich darauf, dass er sich ganz zurückzog. Doch stattdessen kam er einen Schritt auf mich zu, obwohl ich den Konflikt in seinen Augen deutlich erkennen konnte. So nah, wie wir jetzt zusammenstanden, war ich mir sicher, dass er meinen lauten Herzschlag hören konnte.

Mir war klar, dass *ich* es war, die jetzt einen Schritt auf ihn zugehen musste, auch wenn ich mir über die möglichen Konsequenzen bewusst war.

Kapitel 26

Einige Wochen zuvor

Entschlossen klopfte ich an Mister Scouts Bürotür. „Herein." Ich stieß sie auf und stürmte wütend auf ihn zu. Die Tür fiel hinter mir ins Schloss.

Langsam sah mein Direktor von seinen Papieren auf und wandte mir seine Aufmerksamkeit zu. „Wie schön, dass Sie trotz ihres offensichtlichen Ärgers ihre Höflichkeit wahren und anklopfen."

„Nach dem, was ich Ihnen gleich zu sagen habe, werde ich an *Ihre* Höflichkeit appellieren müssen", ich warf meinen Stick und ein paar DinA-4 Blätter auf den Tisch.

Bei den Blättern handelte es sich um Ausdrucke. Mister Scout spielte diesmal keine Unwissenheit vor. Seine Gesichtszüge verhärteten sich. Er wusste genau, was auf dem Stick war. Wenn nicht, konnte er es auf den Ausdrucken lesen.

Und er wusste natürlich ebenfalls, dass ich in sein Büro eingebrochen war. Es war kein Rätsel mehr, warum meine Schuhe und ich vor wenigen Wochen im Pool gelandet waren.

Nur eines hatte er vermutlich nicht gewusst: Dass der Stick dabei nicht, wie erwartet, zerstört worden war. Das hatte lange Zeit ja nicht einmal ich selbst gewusst, weshalb der Stick die ganze Zeit unbeachtet in meinem Nachttisch gelegen hatte. Bis ich ihn in trockenem Zustand dann doch in meinen PC gesteckt hatte und die Dateienordner angezeigt wurden.

„Ungelegen. Das kommt mir ziemlich ungelegen, Fräulein Lane."

„Ich möchte nicht respektlos klingen, aber das ist im Moment Ihr geringstes Problem", gab ich zurück.

„Was würden Sie denn als mein größtes Problem einstufen?"

„Mich", ich lächelte ihn an.

„Das würde ich gerne ändern. Setzen Sie sich doch", er deutete auf den Stuhl gegenüber von ihm.

Ich setzte mich. „Mister Scout, Sie verschwenden Ihre Zeit. Sie müssen weder versuchen etwas zu leugnen, noch mich zu irgendeinem Deal zu überreden. Ich kenne alle Details. Ich weiß von ihrem Überwachungsapparat. Davon, dass sie die Schüler dieses Internats jahrelang manipulieren und ausspionieren. Dass sie grundlegende Rechte, wie das Recht auf Privatsphäre, nicht respektieren. Dass sie das Vertrauen von uns und unseren Eltern ausnutzen. Und übrigens, falls Sie auf falsche Gedanken kommen sollten, ich habe von jeder einzelnen Datei Sicherheitskopien, die in zwei Stunden automatisch an meine gesamte Kontaktliste gesendet werden, wenn ich den Timer nicht ausstelle."

„Haben Sie etwa Angst, ich würde Ihnen etwas antun?", Mister Scout fing an zu lachen.

„Sie haben versucht das halbe Internat in die Luft zu jagen - vermutlich nur um Ihre Beweise zu vernichten. Ich denke das beantwortet Ihre Frage."

Sein Lachen erstickte: „Das ist Verleumdung. Wir haben mit dem Brand nichts zu tun gehabt. Ich verbitte mir solche Anschuldigungen. Wir würden unsere Schüler und Studierenden nie einer solchen Gefahr aussetzen."

„Stimmt. Zumindest nicht, nachdem man so viel investiert hat", entgegnete ich vorwurfsvoll.

„Sie haben ein völlig falsches Bild von uns, Fräulein Lane."

„Falsches Bild?", ich lehnte mich nach vorne. „Ich wäre fast in einem Pool ertrunken und soweit ich weiß, sind Sie der Grund dafür."

Ich wartete einige Sekunden.

Mister Scout sagte nichts. „Ich deute Ihr Schweigen als Eingeständnis. Und von daher würde ich sagen, ich habe ein relativ realistisches Bild von Ihnen."

„Warum lassen wir die Vergangenheit nicht ruhen? Ich versuche weder etwas zu leugnen, noch Sie zu etwas zu überreden. Ich werde versuchen Sie von diesem System zu *überzeugen*."

Für einen Moment lang war ich erstaunt. Damit hatte ich nicht gerechnet.

Mister Scout nutzte das Überraschungsmoment und fuhr fort: „Ich gehe davon aus, dass Sie sich die gesamten Dokumente auf Ihrem Stick durchgelesen haben, bevor Sie in mein Büro geplatzt sind. Also werde ich mit einem ganz konkreten Beispiel anfangen: Dem Mittagessen in der Mensa. Ja, es stimmt. Wir registrieren zum Beispiel das Auswahlverhalten unserer Schüler und Studierenden in der Mensa. Und haben anhand dieser Daten an besonders beliebten und frequentierten Ausgabestellen mehr gesunde Gerichte angeboten."

Ich unterbrach ihn: „Warum die Arbeit? Warum haben Sie nicht einfach ihr gesamtes Angebot überarbeitet und generell mehr gesunde Gerichte angeboten?"

Mister Scout ergriff wieder das Wort: „Weil die Schüler sonst rebelliert hätten. Weil sie dann das Gefühl gehabt hätten, dass wir ihnen etwas aufzwingen oder vorschreiben. Das kommt gerade bei Jugendlichen erfahrungsgemäß eher schlecht an. Auf unsere Weise haben wir dasselbe Ergebnis erzielt, ohne diese Nebeneffekte."

Ich schüttelte den Kopf und ließ mich in meinem Sitz zurücksinken. Wenn Mister Scout dachte, er könnte mich von diesem System überzeugen, hatte er Unrecht.

Doch Mister Scout schien sich von meiner Reaktion nicht beirren zu lassen: „Jade, versuchen Sie bitte einmal Ihre Vorurteile abzulegen. Haben wir jemanden verletzt? Hat es die Schüler und Studierenden gestört? Ist es unmoralisch, seinen Schülern und Studierenden gesunde Nahrung anzubieten?"

„Darum geht es nicht. Und das wissen Sie. Denn die Antwort ist: Nein. Nein, sie haben niemanden verletzt. Nein, es hat niemanden gestört. Und nein, eine gesunde

Ernährung ist nicht unmoralisch. Aber es war nicht *ihre* Aufgabe, das zu bestimmen. Wir konnten nicht wirklich freiwillig entscheiden, weil wir in unserer Entscheidung manipuliert wurden. Darum geht es."

„Wir sind eine Bildungsanstalt. Sind Sie sich sicher Jade, dass Ihre Ernährung nicht Teil unserer Sorgfaltspflicht ist? Die Art und Weise ist etwas unkonventionell, das gebe ich zu. Aber macht es einen Unterschied, ob wir Ihnen im Unterricht erklären, dass Salat und Gemüse gesünder sind als Pommes und Burger, oder ob wir mit ein paar Tricks dafür sorgen, dass sie sich aus eigenem Antrieb für Ersteres entscheiden?"

„Ja, das macht einen Unterschied. Weil *Sie* für uns entschieden haben."

„Haben wir das wirklich? Denken Sie mal darüber nach." Er zupfte seinen Anzug zurecht: „Sie hatten jederzeit die Möglichkeit, etwas anderes zu essen, haben aber dennoch im Endeffekt meistens die gesündere Variante gewählt. Es ist eine Win-Win-Situation. Jeder bekommt das, was er will."

„Es geht aber nicht nur um das Ergebnis, sondern auch um die Art und Weise, wie man dieses erzielt hat. Manipulation und Überwachung sind falsch."

„Nur, weil eine altmodische und stehengebliebene Gesellschaft uns das weismachen möchte, glauben Sie daran, Jade? Sie sind intelligent. Denken Sie darüber nach. Wie oft haben Menschen aufgrund etablierter gesellschaftlicher Meinungen und Standards gedacht, sie wüssten genau, was richtig und falsch ist? Manchmal ist es Zeit, alte Dogmen zu hinterfragen und falls nötig zu verwerfen. Das ist Fortschritt."

Mister Scout hielt einen Moment inne.

Dann fuhr er fort: „Aber, egal was ich Ihnen über dieses System sagen werde, Sie werden trotz meiner Argumente immer mit demselben Gegenargument kommen: Dass Sie das Prinzip dahinter ablehnen. Und ich mache Ihnen keinen Vorwurf. Menschen sträuben sich immer gegen Ungewohntes, mögen keine Veränderungen. Sie handeln also nur menschlich. Aber sie müssen die emotionale Komponente für einen Moment beiseite legen. Nur dann sind Sie in der Lage dazu, dieses Konzept objektiv zu bewerten."

Mister Scout drehte seinen Stuhl zum Fenster und ließ mich mit meinen Gedanken für einen Moment lang alleine.

Ich wusste, dass es Teil seiner Taktik war. Er nutzte meine eigenen Argumente gegen mich und hatte einen Konter parat, bevor ich mein Argument ausgesprochen hatte. Er wollte, dass ich anfing zu zweifeln. Weil er wusste, dass ich Dinge hinterfragte. Selbst meine eigenen Ideale und Moralvorstellungen. Das Problem war, dass ich tatsächlich begann, genau das zu tun.

Ich ließ seine Argumente nicht unbeteiligt auf mich einregnen, sondern ich hörte ihm wirklich zu und dachte darüber nach, was er sagte. Meine Ansichten gerieten für einen kurzen Moment ins Wanken, doch ich fing mich schnell wieder.

Ich versuchte wieder die Oberhand zu gewinnen, indem ich das Gespräch in eine andere Richtung lenkte: „Lassen Sie uns mit einem anderen Beispiel fortfahren, Mister Scout. Was ist mit politischer Orientierung?"

„Wir haben unsere Schüler und Studierenden nie zu irgendetwas gezwungen oder ihnen eine bestimmte Meinung aufgedrängt."

„Sie haben uns Werbung von ausgewählten Parteien in Internetplattformen anzeigen lassen. Das ist fast dasselbe."

„Jade, Sie sind wütend. Das verstehe ich. Das wäre ich vermutlich auch an Ihrer Stelle. Aber Sie sollten sich vielleicht fragen...auf *wen* genau Sie wütend sind. Auf uns oder vielleicht auf sich selbst. Weil *Sie* letztendlich diejenige waren, die sich manipulieren hat lassen."

„Ein guter Schachzug, Herr Direktor, aber so einfach können Sie es sich nicht machen. Nur weil das Opfer in die Falle des Täters tritt, macht es den Täter nicht weniger schuldig."

Mister Scout lehnte sich ungeduldig in seinen Stuhl zurück: „Jade, Sie meinen, wir würden unsere Schüler und Studierenden um ihre Privatsphäre berauben. Dafür brauchen sie uns aber überhaupt nicht."

„Niemand will so viel, wie Sie von uns wissen, von sich preisgeben", entgegnete ich energisch.

Mister Scout runzelte überheblich die Stirn.

„Sind Sie sich da sicher? Über ihre *öffentlichen* Social Media Accounts haben wir ganz ohne Überwachung einen Großteil der Infos erhalten."

„Wenn das so wäre, dann bräuchten Sie Ihr großartiges System doch gar nicht, oder sehe ich das falsch?"

Mister Scout verzog seinen rechten Mundwinkel zu einem Lächeln und verschloss die Arme vor der Brust: „Sie sind nicht schlecht, diskutieren können Sie. Aber Sie müssen besser zuhören. Ich habe gesagt, dass wir einen *Großteil* der Infos so erhalten konnten..."

„...und mit 75% gibt man sich an diesem Internat nicht zufrieden", beendete ich seinen Satz.

„Ich sehe, wir beginnen uns zu verstehen", meinte mein Direktor selbstzufrieden.

„Nur weil ich die Gedankengänge der Gegenpartei nachvollziehen kann, heißt es noch lange nicht, dass ich Sie verstehe oder gutheiße."

Diesmal war es Mister Scout, der eine neue Richtung einschlagen wollte: „Wir reden nur über die...*Nebeneffekte* unseres Systems. Denken Sie an die Vorteile."

„Sie könnten uns Schüler auch so fördern und unterstützen. Warum kann man nicht die Vorteile ohne die Überwachung und die Manipulation haben?"

Nachdem ich diesen Satz ausgesprochen hatte, realisierte ich, wie naiv ich klang.

„Weil es so nicht läuft. Und das wissen Sie. Es gibt das Eine nur mit dem Anderen. Wenn man die Vorteile genießen will, muss man sich mit den Nachteilen anfreunden. Sehen Sie es als eine Art Tausch."

„Sie lassen es so klingen, als hätten wir eine Wahl gehabt."

„Es hätte keinen Unterschied gemacht. Ich weiß, dass Sie mir das jetzt nicht glauben werden, aber die meisten Schüler hätten sich trotzdem für unser Internat entschieden. Sie wären diesen Kompromiss eingegangen."

„Quod esset demonstrandum."

„Wir sind hier nicht vor Gericht, Jade."

„Aber wir sprechen über Rechte, oder etwa nicht? Artikel 2, Absatz 1, Grundgesetz: *Jeder hat das Recht auf die freie Entfaltung seiner Persönlichkeit, soweit er nicht die Rechte anderer verletzt und nicht gegen die verfassungsmäßige Ordnung oder das Sittengesetz verstößt.'* Privatsphäre ist ein Grundrecht."

„Falls ich beeindruckt sein soll, dass Sie zwei Sätze des Grundgesetzes auswendig gelernt haben, muss ich Sie leider enttäuschen, Miss Lane."

„Ich möchte Sie in keinster Weise beeindrucken. Ich möchte Sie an unsere Grundrechte erinnern", ich sah ihn entschlossen an.

Er erwiderte meinen Blick: „Second Amendment, Bill of Rights: *[...] the right of the people to keep and bear Arms, shall not be infringed.'* In Amerika ist auch der Besitz von Waffen ein Grundrecht. Wie wir beide wissen, sind Sie in diesem Fall der Ansicht, dass es auch überholte Rechte gibt. Oder irre ich mich etwa?"

Es war ziemlich schwierig eine Debatte zu gewinnen, wenn das Gegenüber so gut über einen Bescheid wusste, wie Mister Scout über mich. Es schien fast, als könne er die Gedanken auf meiner Stirn ablesen. Außerdem waren *seine* Argumente nicht vollkommen haltlos, was ich leider zugeben musste.

„Meine Position erscheint Ihnen plötzlich nicht mehr so unverständlich wie zuvor, habe ich Recht, Jade?"

„Verschonen Sie mich bitte mit Versuchen, sich in mich hineinzuversetzen. An meiner Einstellung hat sich nichts geändert."

„Trotz meiner überzeugenden Argumente?", fragte Mister Scout mit hochgezogenen Augenbrauen.

„*Wegen* ihrer fragwürdigen Argumente. Die Fakten sind die gleichen, wie vor unserem Gespräch. Meine Einstellung ebenso", versuchte ich mich selbst zu überzeugen.

„Vielleicht interpretieren Sie die Fakten ja nur falsch."

„Für mich gibt es bei Manipulation und Rechtsverletzung ziemlich wenig Interpretationsspielraum."

Mister Scout schüttelte gedankenversunken den Kopf: „Manipulation...Manipulation. Das ist das falsche Wort. Wir formen unsere Schüler, lenken sie in gewisse Bahnen. Natürlich ist das eine Form der Beeinflussung. Aber das macht jede Schule und Bildungsinstitution. Sogar Eltern und Freunde beeinflussen uns. Sprechen Sie dabei auch von Manipulation?"

Er hatte Recht.

Es gehörte irgendwie zu seinem Job, uns zu prägen. Aber wo hörte Einflussnahme auf und wo fing Manipulation an? Die Grenze, die ich vor wenigen Minuten noch so klar gezogen hatte, fing an Stück für Stück zu verblassen. Seine Argumente begannen wild in meinem Kopf umherzuschwirren. Es fiel mir immer schwerer, einen klaren Gedanken zu fassen.

Trotzdem gab ich nicht auf. Mister Scout hatte mich zuvor gebeten, die Sache objektiv zu betrachten. Doch diesen Gefallen wollte ich ihm nicht tun. Ich versuchte es mit dem Gegenteil und sagte genau das, was ich fühlte: „Mein Bauchgefühl...mein gesunder Menschverstand sagt mir, dass es falsch ist."

„Sie meinen also, wir Menschen sollten in der Frage, was richtig oder falsch ist, auf unser Bauchgefühl vertrauen? Würden Sie das auch Ihren homophoben oder rassistischen Mitmenschen raten, Fräulein Jade? Ich glaube kaum, dass sich deren ‚Bauchgefühl' mit Ihrem decken würde. Oder sind Sie etwa der Ansicht, dass ihr Bauchgefühl das ‚richtige' ist und deren das ‚falsche'?"

Boom. Er hatte eine sensible Stelle getroffen.

Denn genau diese Frage war der wunde Punkt in meiner gesamten Argumentation. Woher wollte ich wissen, dass ich Recht hatte?

Ich war gerade dabei, eine hoch angesehene Institution und alle Menschen, die etwas mit ihr zu tun hatten, bloßzustellen. Es würde nicht nur die Drahtzieher betreffen, sondern jeden einzelnen Schüler, der die Schule je besucht hatte. Es würde ein schlechtes Licht auf *jeden* Absolventen werfen. Wenn ich mein Vorhaben durchziehen wollte, musste ich mir 100%ig sicher sein, dass ich Recht hatte.

Aber das war ich nicht mehr.

Hatte er mich selbst in diesem Gespräch manipuliert? Es wäre eine gute Strategie. *Don't play the odds, play the man.* Der Gedanke brachte mich auf eine Idee. Ich fragte mich, warum ich nicht vorher darauf gekommen war.

„Mister Scout, wie würden *Sie* es finden, wenn man Ihr Privatleben öffentlich macht? Sie selbst geben doch nicht das Geringste über sich preis. Und anscheinend zurecht, denn nur, weil mir eine Ihrer Angestellten unabsichtlich ein paar kleine Details über Sie verraten hat, war ich erst in der Lage dazu, in Ihren PC zu gelangen."

„Sehen Sie, genau das ist Ihr Problem. Sie heben das Ganze auf eine persönliche Ebene. Aber es ist nichts Persönliches. Es sind Logarithmen und Computer, die Daten sortieren. Nichts anderes machen Ihre geschätzten Handys jeden Tag. Sie mögen diese Entwicklung vielleicht nicht besonders schätzen, aber wenn Sie ehrlich zu sich sind, müssen sie sich eingestehen, dass wir alle bereits mittendrin stecken. Die Frage *ob*, oder *ob nicht* stellt sich an diesem Punkt nicht mehr. Es ist nur eine Frage des Ausmaßes. Ein Zurück gibt es nicht mehr."

Er hatte meine Frage nicht beantwortet. Er war ihr ausgewichen. Doch es machte keinen wirklichen Unterschied. Ich verstand, was er mir damit sagen wollte.

Während ich im Zwiespalt mit mir selbst stand, ergriff Mister Scout das Wort: „Jade, sehen Sie mich an. Ich weiß, dass das alles überwältigend ist und es Sie momentan noch maßlos überfordert, das Ganze zu verarbeiten. Aber es ist eine unglaubliche Chance. Ich weiß, dass Sie das wissen. Das haben Sie schon früh erkannt. Seien Sie ein Teil davon. Verändern Sie etwas."

Bei seinem letzten Satz horchte ich auf.

Mister Scout fühlte sich durch meine plötzliche Aufmerksamkeit bestätigt: „Denken Sie daran, was wir mit unserem System bewirken könnten. Sie wissen, dass unsere Schüler im Berufsleben einflussreiche Positionen innehaben. Einflussnahme muss nicht immer schlecht sein. Wenn man die richtigen Motive hat, kann man damit Gutes bewirken. Denn ein System wie unseres ist das Einzige, das dazu in der Lage wäre - das genug Gewicht und Potenzial hat - um die Missstände in der Welt zu beseitigen."

Er machte eine Pause.

„Ich zwinge Sie zu nichts, Jade. Ich *bitte* Sie lediglich, unserem System eine Chance zu geben. Sie sitzen am längeren Hebel. Aber wissen Sie, warum ich mir deshalb keine Sorgen machen muss? Weil ich weiß, dass unser System Sie überzeugen *wird*. Geben Sie dem Ganzen eine Chance, bevor Sie es zerstören."

Nachdem er sein Plädoyer beendet hatte, hob ich meinen Blick und sah ihn an. Für einige Sekunden verharrten wir in dieser Position.

Dann griff ich neben mich und holte mein Handy aus der Tasche. Der Sperrbildschirm leuchtete auf und ich gab meine PIN ein. Ich machte mir nicht die Mühe, sie verdeckt einzugeben.

Mister Scout sah mich noch immer gefasst an und wartete auf meinen nächsten Schritt.

Ich tippte mehrmals auf den Bildschirm. Eine kleine Anzeige leuchtete auf. *Timer wirklich in den Papierkorb verschieben?*

Ich tippte nach rechts.

Mister Scout drehte seinen Stuhl und sah aus dem Fenster hinaus. Aus dem Augenwinkel konnte ich ein kaum merkliches Schmunzeln erkennen, dass sofort wieder verschwand, sodass ich nur Sekunden später unsicher war, ob es jemals da gewesen war.

„Ich denke, es ist an der Zeit, dass wir über die weiteren Schritte sprechen."

Epilog

Das Büro des Schulleiters. Im Hintergrund lief leise Klaviermusik. Die Schallplatte, von der die Musik kam, drehte sich regelmäßig im Takt. Draußen regnete es und die Tropfen prasselten leise gegen die Fenster.

In der Mitte des Raumes stand ein alter Schreibtisch. Er war aus dunklem Mahagoniholz und ziemlich massiv. Definitiv das zentrale Möbelstück des Raumes.

Auf dem Tisch waren verschiedene Dokumente ausgebreitet. Die meisten waren nicht besonders wichtig. Bis auf eines, welches nicht auf einem der geordneten Stapel lag, sondern alleine in der Mitte. Gerade so, als wäre es eben erst benutzt worden. Als hätte es eben erst jemand angesehen.

Es war eine Verschwiegenheitserklärung. Ganz unten war in schwarzer Tinte ein Name zu lesen über dem eine filigrane Unterschrift thronte. *Jade Victoria Lane.*

Mit ihrer Unterschrift hatte sich Jade dazu verpflichtet, ihr neu erworbenes Wissen geheim zu halten.

Nachdem Jade zusammen mit Lauren und Connor durch die *Hall of Fame* gelaufen war, war ihr der Gedanke das erste Mal gekommen. Der Gedanke, dass mehr hinter ihren Auszeichnungen stecken könnte, als eine Würdigung ihrer Arbeit. Doch der Gedanke verflog schnell wieder, weil sie sich auf andere Dinge konzentrierte. Unter anderem auf den „Besuch" in Mister Scouts Büro.

Nach dem Unfall in der Sporthalle wurde sie misstrauisch. Wem oder was war sie auf der Spur? Warum hatte man sie in den Pool gestoßen?

Doch zu diesem Zeitpunkt fehlte ihr eine entscheidende Information, um das Puzzle zusammenzusetzen: Die Tatsache, dass beide Dinge miteinander zu tun hatten. Deshalb kamen ihre Überlegungen auch zu keinem Ergebnis. Außerdem konnte sie niemanden dazu befragen, ohne sich in Schwierigkeiten zu bringen.

Eines Abends fiel ihr kurz vor dem Schlafengehen der Stick in die Hände. Es war zwischen zwei Notizbüchern hervorgerutscht. Jade nahm ihn aus der Schublade und wollte ihn gerade in den Müll werfen, als sie innehielt. Sie hatte nie überprüft, ob die Daten vielleicht *doch* überlebt hatten. Jade dachte an die Warnung aus der Sporthalle. Man drohte ihr und sie konnte sich nicht einmal verteidigen, weil sie keine Ahnung hatte, vor *was* sie sich verteidigen musste. Was, wenn die Daten nicht zerstört worden waren und die Lösung die ganze Zeit direkt vor - oder, besser gesagt, *neben* - ihr lag?

Der kleine Funken Hoffnung, brachte sie dazu, ihren Laptop hochzufahren und es einfach zu probieren. Ein paar Sekunden lang passierte nichts. Dann öffneten sich wie selbstverständlich die Dateienordner.

Zuerst war Jade zu überrascht, um etwas zu tun.

Sie wusste genau, dass die nächsten Minuten alles verändern würden.

Es gäbe kein Zurück mehr.

Ohne jeden Zweifel fing sie oben in der Liste an und klickte einen Ordner nach dem anderen durch. Mit dem ersten Klick, begann die Zeit um sie herum stillzustehen.

Sie starrte wie hypnotisiert auf den Bildschirm, als sie die Zeilen überflog. Je mehr sie las, desto schneller durchforstete sie die Dateien. Es dauerte nicht lange, bis sie erkannte, worum es ging. Der Stick stellte das letzte fehlende Puzzleteil dar, das ihr all die Zeit gefehlt hatte.

Sie erinnerte sich an den neuen Stift, von dem Lauren erzählt hatte. An das Lämpchen auf ihrem Wecker und den roten Punkt in der Sporthalle. An den Zettel, den sie nach dem Brand beim Aufräumen gefunden hatte.

Sie realisierte, dass ihre Technologie genutzt worden war, um ein System zu optimieren und zu stabilisieren, welches schon jahrzehntelang bestand. Ein System, das auf einer Idee beruhte, die sie damals in ihrem Schulprojekt beschrieben hatte, wobei offensichtlich schon jemand vor ihr auf diese Idee gekommen war. Ihre Technologie mochte neu sein, aber die Idee war die gleiche.

Nachdem sie alle Ordner durchgesehen hatte, was eine gefühlte Ewigkeit gedauert hatte, schloss sie ihren Laptop und starrte an die Wand gegenüber von ihr. Was würde sie jetzt tun? Die ganze Zeit hatte sie gehofft zu verstehen, was ihr verheimlicht wurde. Es gab nichts, an dem sie sich so den Kopf zerbrochen hatte. Doch sie hatte nicht einen Gedanken daran verschwendet, was sie mit diesem Wissen machen würde. Deshalb war sie nicht in der Lage dazu, sofort eine Entscheidung zu treffen. Sie brauchte Zeit, um ihre Möglichkeiten abzuwägen.

Am nächsten Tag besuchte sie ganz normal den Unterricht. Das tat sie auch am Tag darauf. Und an dem Tag darauf. Und den Tagen danach. Ihr Ärger auf das Internat und Mister Scout wuchs mit jeder Minute.

Und obwohl sie wusste, was für Folgen ihre Entscheidung haben würde, suchte sie den Direktor schließlich in seinem Büro auf und konfrontierte ihn mit ihrem Wissen.

Mister Scout hatte jedoch kein Interesse an einer Feindin, er suchte eine Verbündete. Und trotz Jades Entschlossenheit und ihrer Überzeugung, schaffte er das, was sie *nie* für möglich gehalten hatte. Er drang zu ihr durch und gewann sie für etwas, das sie doch eigentlich aus tiefster Überzeugung ablehnte.

Zuvor hatte Jade mit dem Internat zusammengearbeitet, ohne es zu wissen. Jetzt arbeitete sie noch immer mit der Institution zusammen. Mit dem Unterschied, dass sie nun aktiv eingreifen konnte. Jade wollte etwas verändern. Doch zunächst musste sie ihre Loyalität unter Beweis stellen, indem sie die gestohlene Akte zurückbringen oder zerstören würde. Beides erfüllte den gleichen Zweck. Denn Jade hatte sich geirrt. Nicht *sie* war

Mister Scouts größtes Problem gewesen, sondern die gestohlenen Dokumente. Diese dürften unter keinen Umständen in die falschen Hände geraten.

Aaron hatte bis zur letzten Minute von all dem nichts bemerkt. Und er hätte es sicher auch nie, wenn Jade damals im Restaurant nicht mit Karte und Unterschrift bezahlt hätte. Da war ihm zum ersten Mal bewusst aufgefallen, dass sie Linkshänderin war. Die Blumen in der rechten Hand haltend, damit die linke zum Schreiben frei war. Ohne dieses Detail, hätte er nichts bemerkt. Denn Jade hatte keine Spuren hinterlassen. Keinen Verdacht erweckt. Aber *ein* kleines Detail, ein Stift auf der falschen Seite, hatte sie schließlich enttarnt.

Jade wollte Aaron nie anlügen. Sie hatte auch nicht vor, das ewig zu tun. Zum richtigen Zeitpunkt wollte sie ihn einweihen. Zum richtigen Zeitpunkt wollte sie *alle* anderen einweihen.

Denn mit einem, hatte Mister Scout recht: Jade erkannte definitiv das Potenzial des Systems. Aber eine Sache störte sie daran. Egal was Mister Scout sagen würde, egal mit welchen Mitteln und Argumenten er versuchen würde, sie davon zu überzeugen. Eine Sache würde sie immer stören. Weil sie nicht vergessen konnte, wie schrecklich es sich angefühlt hatte, zu realisieren, dass man belogen und hintergangen worden war. Aber wenn alle davon wüssten - wenn alle *freiwillig* daran teilhaben würden - wäre es keine unrechtmäßige

Spionage mehr. Das ganze System hätte sogar noch mehr Vorteile.

Es wäre die Chance, *jeden einzelnen* Menschen zu einer besseren Version seiner selbst zu machen. Weil jeder wusste, dass er beobachtet wurde. Man würde sich moralisch richtig verhalten, weil einem bewusst war, dass jede Handlung direkte Konsequenzen haben würde. Man würde verhindern, dass Menschen herangezogen werden, die andere verletzten oder töteten.

Jade dachte an die Anschläge in den Nachrichten. Daran wie verzweifelt Riley gewesen war, als er annahm, dass sein Vater bei einem davon ums Leben gekommen war. Sie erinnerte sich an die korrupten Organisationen im Südsudan bei Connors Auftrag, die die Notlage von Menschen schamlos ausnutzten. Man würde Menschen dazu ermutigen, sich besser zu verhalten und bessere Menschen zu werden.

Das wäre die *eine* Sache, für die sie bereit wäre, ihre Privatsphäre aufzugeben.

*

Die Frage war, zu welchem Preis. Denn es gab zwei Dinge, die Jade dabei übersah.

*Wenn man Menschen in diesem Ausmaß dazu nötigte sich menschlich und „richtig" zu verhalten, hatte man sie aufgegeben. Es wäre Ausdruck davon, dass man das Vertrauen in die Menschen verloren hatte, dass sie trotz aller Fehler, am Ende anständig sind. Selbstverständlich stellte sich dabei auch die grundlegende Frage, wie man einen „guten" Menschen und „richtiges" Verhalten definierte. Noch relevanter als diese Frage, war vermutlich, **wer** die Entscheidung traf, was „gut" und „richtig" war.*

Man zog mit einem solchen System nicht „gute", sondern berechnende Menschen heran. Jedes moralisch korrekte Verhalten würde bedeutungslos werden, weil es nicht aufrichtig wäre. Schließlich machte es nicht die Handlung an sich „gut", sondern die Intention dahinter.

Das System, welches Jade etablieren wollte, führte nicht zu besseren Menschen.

Es führte nur dazu, dass man „gute" und „schlechte" Menschen nicht mehr voneinander unterscheiden könnte.

Jade hatte sich laut eigener Auffassung freiwillig dafür entschieden, das Internat zu unterstützen. Doch genau darin lag ihr zweiter Trugschluss.

Denn Jade übersah, dass sie ohne dieses System der Überwachung und der Manipulation diese Entscheidung vielleicht nie getroffen hätte.

„Jeder hat etwas zu verbergen und jeder hat das Recht, etwas zu verbergen. Denn jede persönliche Information kann in einer bestimmten Situation zu einer sensiblen Information werden. Selbst die Tatsache, dass man Linkshänderin ist."

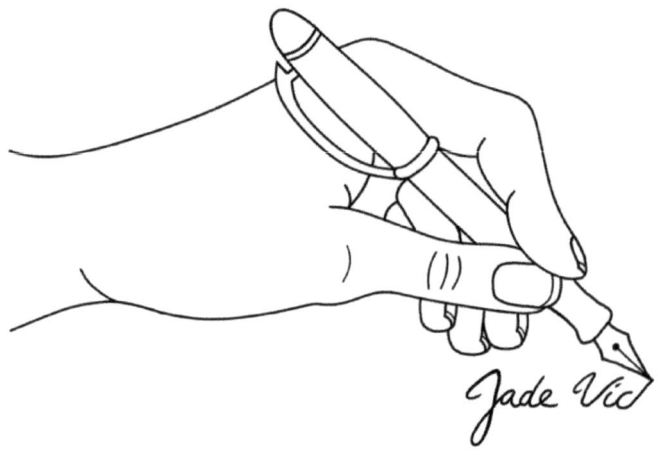